KB146612

타임머신

클래식 보물창고 41
타임머신

초판 1쇄 2016년 10월 10일 | 초판 2쇄 2019년 3월 25일
지은이 허버트 조지 웰스 | **옮긴이** 황윤영
펴낸이 신형건 | **펴낸곳** (주)푸른책들 · **임프린트** 보물창고 | **등록** 제321-2008-00155호
주소 서울특별시 서초구 양재천로7길 16 푸르니빌딩 (우)06754
전화 02-581-0334~5 | **팩스** 02-582-0648
이메일 prooni@prooni.com | **홈페이지** www.prooni.com
카페 cafe.naver.com/prbm | **블로그** blog.naver.com/proonibook

ISBN 978-89-6170-569-1 04840
* 잘못된 책은 구입한 곳에서 바꾸어 드립니다.

이 도서의 국립중앙도서관 출판시도서목록(CIP)은 서지정보유통지원시스템 홈페이지(http://seoji.nl.go.kr)와
국가자료공동목록시스템(http://www.nl.go.kr/kolisnet)에서 이용하실 수 있습니다.
(CIP제어번호: 2016019973)

보물창고는 (주)푸른책들의 유아 · 어린이 · 청소년 도서 임프린트입니다.

The Time Machine

타임머신

허버트 조지 웰스 | 황윤영 옮김

보물창고

차례

타임머신 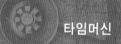 •7

1

시간 여행자(편의상 그를 이렇게 부르겠다.)는 난해한 문제를 우리에게 상세히 설명하고 있었다. 그의 잿빛 눈은 반짝반짝 빛났고, 평소 창백하던 얼굴은 상기되어 생기가 넘쳤다. 난롯불은 밝게 타오르고 있었고, 은빛 백합 모양 갓 속 백열등의 은은한 빛은 우리의 유리잔 속에서 반짝거리다 사라지는 기포를 비추고 있었다. 우리가 앉은 의자들은 그의 특허품으로, 우리를 앉힌다기보다는 보듬고 어루만져 주는 듯했다. 기분 좋은 식사 후의 분위기 속에서 생각은 정확해야 한다는 속박에서 벗어나 자유롭게 흘러가고 있었다. 그런 가운데 그는 야윈 집게손가락으로 표시를 해 가면서 우리에게 자신의 주장을 꺼냈고, 우리는 가만히 앉아서 이 새로운 기론(우리 생각에는 그랬다.)에 대한 그의 열성과 풍부한 상상력에 나른하니 감탄했다.

"다들 내 말을 주의 깊게 잘 들어 보세요. 나는 보편적으로 받아들여지는 한두 개념을 반박하려 합니다. 예컨대, 여러분이 학창 시절 학교에서 배운 기하학은 잘못된 생각에 근거를 두고 있습니다."

"시작부터 너무 거창한 거 아닌가?" 논쟁을 좋아하는 빨간 머리 필비가 말했다.

"타당한 근거도 없이 여러분에게 내 주장을 받아들이라고 요구하는 게 아닙니다. 곧 여러분도 나만큼이나 인정하게 될 거예요. 물론 여러분은 수학의 선, 즉 두께가 '0'인 선이 실제로 존재하지 않는다고 알고 있을 겁니다. 학교에서 그렇게 배우지 않았습니까? 수학의 평면도 마찬가지지요. 이런 것들은 단지 추상적인 개념에 불과합니다."

"그건 맞소." 심리학자가 말했다.

"길이와 너비, 두께만 가지는 정육면체도 실제로는 존재할 수 없지요."

"그 말에 대해선 난 반대네." 필비가 말했다. "어쨌거나 고체는 존재할 수 있어. 실제로 존재하는 모든 것들은……."

"대부분의 사람들은 그렇게 생각하지. 하지만 잠깐 다시 생각해 보게. '순간적인' 정육면체가 존재할 수 있을까?"

"무슨 말인지 모르겠네." 필비가 대답했다.

"한순간 동안만이라도 지속되지 않는 정육면체가 실제로 존재할 수 있겠나?"

필비는 깊은 생각에 잠겼다. 그러자 시간 여행자가 말을 이어 갔다.

"분명, 실제로 존재하는 물체는 네 방향으로 연장성을 지녀야 합니다. 그건 바로 길이, 너비, 두께 그리고 지속 시간이지요. 하지만 우리는 육체의 타고난 결함 탓에, 그 결함에 대해서는 곧 설명하겠습니다만, 이 사실을 간과하는 경향이 있어요. 실제로는 네 가지 차원이 있는데, 세 가지 차원을 우리는 공간의 세 평면이라고 부르고, 네 번째 차원을 시간이라 부르지요. 하지만 우리는 앞의 세 차원과 네 번째 차원을 비현실적으로 구별 짓는 경향이 있습니다. 그건 바로 우리의 의식이 우리가 태어나서 죽을 때까지 네 번째 차원을 따라 한 방향으로 이따금씩 움직이기 때문입니다."

"그건……." 아주 젊은 남자가 갑자기 생각난 듯 램프의 불로 담뱃불을 다시 붙이려 애쓰며 말했다. "그건…… 정말이지 아주 분명한 사실입니다."

"그리고 그 사실이 그토록 널리 간과되어 왔다는 건 아주 놀랄 만한 일이지요." 시간 여행자가 살짝 쾌활해진 목소리로 계속 말을 이었다. "네 번째 차원에 대해 이야기를 하면서 그게 무슨 뜻인지 모르는 사람들도 있는데, 이것이야말로 네 번째 차원이 뜻하는 것입니다. 그건 시간을 보는 또 다른 관점에 불과합니다. 공간의 세 가지 차원 가운데 어느 한 차원과 시간 사이에는 차이점이 없어요. 우리의 의식이 시간을 따라 움직인다는 점을 제외한다면 말이지요. 하지만 일부 어리석은 사람들은 그런 개념을 잘못 이해하고 있습니다. 이 네 번째 차원에 대해 그 사람들이 뭐라고 말하는지 다들 들어 봤겠지요?"

"난 못 들어 봤소만." 지방 시장이 말했다.

"간단히 말하면 이렇습니다. 우리의 과학자들이 설명하듯, 공간은 세 가지 차원을 지닌다고들 하지요. 그리고 어떤 이는 그걸 길이, 너비, 두께라고 부르는데, 공간은 이 세 가지 차원이 서로 각각 직각을 이룬다는 말로 설명됩니다. 하지만 일부 철학적인 사람들은 왜 꼭 '세 가지' 차원이어야만 하느냐고, 그 셋과 직각을 이루는 또 다른 방향은 없느냐고 물으며 심지어 '사차원 기하학'을 고안하려 했지요. 사이먼 뉴컴* 교수는 불과 한 달쯤 전에 이것을 뉴욕수학협회에서 상세히 설명했어요. 이차원뿐인 평면에 삼차원 입체 도형을 어떻게 표현할 수 있는지는 다들 알 텐데, 이와 마찬가지로 그들은 삼차원의 틀에 사차원 모형을 표현할 수 있다고 생각합니다. 그 물체의 투시 도법에 통달할 수 있다면 말이지요. 알겠습니까?"

"그런 것 같긴 한데."라고 중얼거린 지방 시장은 눈썹을 찌푸린 채 주문을 외는 사람처럼 입술을 달싹거리며 자기만의 생각 속으로 빠져들었다. "그래, 이제 알 것 같아." 잠시 뒤 그는 환해진 얼굴로 말했다.

"저기, 사실은 말입니다, 난 얼마 전부터 사차원 기하학에 대

***

* Simon Newcomb(1835~1909). 미국의 천문학자. 이하 * 표시 옮긴이 주.

10

해 연구해 왔습니다. 그런데 호기심을 끄는 연구 결과가 있었어요. 예를 들어 어떤 사람의 여덟 살 때 초상화, 열다섯 살 때 초상화, 열일곱 살 때 초상화, 스물세 살 때 초상화 등이 있다고 칩시다. 그 모든 초상화들은 분명 그 사람의 단면들, 말하자면, 고정불변이고 사차원적 존재인 그 사람을 삼차원적으로 표현한 것들이지요."

시간 여행자는 우리가 그 말을 충분히 이해할 수 있도록 잠시 멈추었다가 다시 말을 이었다. "과학적인 사람들은 시간이 공간의 일종에 불과하다는 사실을 아주 잘 알고 있어요. 여기에 대중적 과학 도표인 일기도가 있습니다. 내가 손가락으로 더듬고 있는 이 선은 기압계의 움직임을 보여 주지요. 어제 낮에는 기압이 아주 높았고 밤이 되자 떨어졌다가 오늘 아침 다시 올라 여기까지 아주 완만하게 상승했습니다. 분명히 수은주는 일반적으로 인정되는 공간의 어느 차원에서도 이 선을 따라 움직이지는 않지 않았습니까? 하지만 틀림없이 수은주는 그러한 선을 따라 움직였고, 그러므로 우리는 그 선이 시간 차원을 따라 움직였다고 결론 내릴 수밖에 없습니다."

그러자 의사가 난롯불 속의 석탄 덩이를 뚫어져라 응시한 채로 이렇게 말했다. "하지만 시간이 정말로 공간의 네 번째 차원에 불과하다면, 왜 시간은 뭔가 다른 것으로 여겨지고, 또 언제나 그렇게 여겨져 왔겠소? 그리고 왜 우리는 공간의 다른 차원들에서 돌아다니는 것처럼 시간 속에서 돌아다닐 수 없는 거겠소?"

그 말에 시간 여행자가 살짝 웃으며 이렇게 대답했다. "우리가 공간 속에서 자유롭게 움직일 수 있다고 정말 확신합니까? 우리 인간은 좌우로 그리고 전후로는 자유롭게 움직일 수 있고, 또 줄곧 그렇게 움직여 왔어요. 그러니 우리가 이차원에서 자유롭게 움직인다는 사실은 나도 인정합니다. 하지만 상하로는 어떻습니까? 중력 때문에 우리는 상하로 움직이지 못하질 않습니까?"

"꼭 그런 건 아니오." 의사가 말했다. "기구가 있질 않소."

"하지만 기구가 있기 전에는 순간적으로 펄쩍 뛰어오르거나 울퉁불퉁한 지면을 오르내릴 때를 제외하고 사람은 수직으로 자유롭게 움직일 수 없었어요."

"그래도 조금은 위아래로 움직일 수 있었잖소." 의사가 말했다.

"위보다는 아래로 움직이기가 쉬워요. 그것도 한결 쉽지요."

"그리고 사람은 시간 속에서 전혀 움직일 수 없소. 현 순간에서 벗어날 수 없단 말이오."

"선생님, 선생님이 틀린 점이 바로 그 점입니다. 전 세계 사람들이 잘못 알아 온 부분이 바로 그 점이지요. 우리는 늘 현재의 순간으로부터 벗어나고 있습니다. 비물질적이고 차원이 없는 우리의 정신적 존재는 요람에서 무덤까지 시간 차원을 따라 일정한 속도로 나아가고 있어요. 우리가 지구 표면에서 80킬로미터 위에서 태어난다면 '아래로' 이동하기 마련인 것처럼 말이지요."

"하지만 대단히 어려운 문제는 이것이오." 심리학자가 끼어들어 말했다. "우리는 공간 속에서야 모든 방향으로 돌아다닐 수 있지만 시간 속에서는 돌아다닐 수 없질 않소."

"나의 위대한 발견은 바로 그 점에서부터 시작되었습니다. 우리가 시간 속에서 돌아다닐 수 없다는 선생님의 말씀은 틀렸어요. 예를 들어, 내가 어떤 사건을 아주 생생하게 떠올리고 있다면, 나는 그 사건이 일어난 순간으로 돌아가는 겁니다. 소위 정신이 여행하는 상태가 되는 거지요. 난 잠시 과거로 훌쩍 이동한 상태가 되는 것입니다. 물론 상당한 시간 동안 과거에 머물 수 있는 방법은 없습니다. 야만인이나 동물이 지상 2미터 지점에 머물 수 있는 방법이 없는 것과 마찬가지로 말이지요. 하지만 문명인은 그 점에 있어서는 야만인보다 훨씬 낫습니다. 문명인은 기구를 타고 중력을 거슬러 위로 올라갈 수 있으니, 궁극적으로 시간 차원을 따라 이동을 하다 멈추거나 이동 속도를 높이거나 심지어는 방향을 바꿔 반대 방향으로 이동할 수 있지 않을까 하고 바라지 못할 이유가 없질 않습니까?"

"아, 그건 모두 다……." 필비가 말을 꺼냈다

"왜 안 되나?" 시간 여행자가 말했다.

"이치에 맞질 않아." 필비가 말했다.

"무슨 이치?" 시간 여행자가 말했다.

"자네가 검은 것을 하얗다고 논증할 수야 있겠지." 필비가 말했다. "하지만 결코 나를 납득시키지는 못할걸."

"그럴지도 모르지." 시간 여행자가 대답했다. "하지만 이제 다들 내가 사차원 기하학을 연구하는 목적을 이해하기 시작했을 겁니다. 오래전에 나는 어떤 기계를 어렴풋이 알게 되었는데……"

"시간을 여행하는 기계로군요!" 아주 젊은 남자가 외쳤다.

"운전자의 결정에 따라 공간과 시간의 어느 방향으로든 아무렇지 않게 이동할 수 있는 기계지요."

필비가 마음껏 깔깔대며 웃었다.

"하지만 내겐 실험적 증거가 있습니다." 시간 여행자가 말했다.

"역사가한테는 무척 편리하겠소." 심리학자가 한마디 했다. "과거로 돌아가서, 이를테면 '헤이스팅스 전투*'에 대해 일반적으로 인정되고 있는 설명이 맞는지 확인할 수 있을 테니 말이오!"

"그러면 이목을 끌지 않겠소?" 의사가 말했다. "우리 조상들은 시대착오적인 모습을 한 사람에게 그다지 너그럽지 않았다오."

"호메로스나 플라톤한테서 직접 그리스 어를 배울 수도 있겠군요." 아주 젊은 남자가 자신의 생각을 말했다.

"그랬다간 학위예비시험에서 틀림없이 낙제하고 말 거요. 독

---

* 1066년 노르망디 공국의 윌리엄 1세가 영국을 정복하는 계기가 된 전투.

일 학자들이 그리스 어를 좀 많이 개량시켜 놨어야지요."

"그렇다면 미래로 가는 거예요." 아주 젊은 남자가 말했다. "생각해 보세요! 가진 돈을 몽땅 투자해서 이자가 불어나도록 놔두고는 서둘러 미래로 가는 거예요!"

"그랬는데 완전히 공산주의를 기반으로 세워진 사회를 발견 하게 된다면요?" 내가 말했다.

"정말 터무니없고 허황된 이론 아니오!" 하고 심리학자가 운 을 뗐다.

"그렇습니다. 내가 보기에도 그런 것 같았어요. 그래서 거기 에 대해선 전혀 말하지 않았던 거고요. 그런데……."

"실험적 증거!" 내가 외쳤다. "자네의 주장을 입증해 보이려 는 거로군?"

"실험이라니!" 이제 머리가 지끈거리기 시작한 필비가 소리쳤 다.

"아무튼 당신의 실험을 봅시다." 심리학자가 말했다. "속임수 에 불과하겠지만 말이오."

시간 여행자는 우리를 둘러보며 살짝 웃었다. 그런 뒤 여전히 희미하게 미소를 띤 채 바지 주머니에 양손을 깊숙이 찔러 넣고 는 천천히 방에서 걸어 나갔다. 그러자 방 안에 남은 우리 귀에 는 그가 슬리퍼를 끌며 연구실 쪽으로 난 복도를 걸어가는 소리 가 들렸다.

심리학자가 우리를 쳐다보았다. "그가 뭘 보여 주려는 걸까요?"

"교묘한 속임수 같은 거겠지요." 의사가 말했다. 그러자 필비는 버슬렘에서 본 어떤 마술사 이야기를 꺼냈다. 하지만 필비가 서두를 마치기도 전에 시간 여행자가 돌아왔고, 그 바람에 필비의 일화는 거기서 중단되고 말았다.

시간 여행자가 손에 든 물건은 번쩍거리는 금속 구조물로, 겨우 작은 탁상시계만 한 크기에 아주 정교하게 만들어져 있었다. 그 안에는 상아와 투명한 수정 같은 물질이 들어 있었다. 그리고 이제 나는 명확하게 기술해야만 한다. 왜냐하면 그렇지 않고서는 ―시간 여행자의 설명을 곧이곧대로 받아들이지 않는 이상― 뒤이어 일어난 일을 절대 이해할 수 없기 때문이다. 시간 여행자는 방 안 여기저기에 흩어져 있는 작은 팔각형 탁자들 가운데 하나를 가져와 난롯불 앞에 놓았다. 탁자의 다리 두 개는 난로 앞 깔개 위에 올라간 상태였다. 그는 탁자 위에 그 기계 장치를 올려놓았다. 그러고는 의자 하나를 끌어당겨 앉았다. 그 탁자 위에 놓인 다른 물건이라고는 갓을 씌운 작은 램프뿐이었는데, 그 램프에서 나오는 밝은 빛이 그 기계 모형을 정통으로 비추었다. 그리고 주위에 촛불이 열두어 개 있었다. 벽난로 선반 위 놋쇠 촛대에 두 개, 벽의 돌출 촛대에 여러 개가 꽂혀 있어서 방 안은 불빛이 환했다. 난롯불에서 가장 가까이에 있는 낮은 안락의자에 앉아 있던 나는 의자를 앞으로 당겨 시간 여행자와 벽난로의 중간쯤에 자리 잡았다. 필비는 시간 여행자의 뒤에 앉아서 그의 어깨 너머로 들여다보았다. 의사와 지방 시장은 오른쪽에서, 심리학자는 왼쪽에서 시간 여행자의 옆모습을 지켜보았다. 젊은 청년은 심리학자 뒤에 서 있었다. 우리는 완전히 정신을 바짝 차리고 경계하고 있었다. 아무리 교묘하게 고안해 내서 노련하게 해치운다 하더라도 분명 이런 상황에서는 우리에게 어떤 종류의 속임수도 쓸 수 없을 것 같았다.

시간 여행자는 우리를 바라본 뒤 기계 장치로 눈을 돌렸다. "그래서?" 심리학자가 물었다.

시간 여행자는 탁자에 양 팔꿈치를 대고 두 손을 기계 장치 위에서 맞잡고서는 말했다. "이 작은 물건은 모형일 뿐입니다. 내가 구상해 낸 시간을 여행하는 기계의 모형이지요. 여러분들 눈에 이 모형은 유별나게 비스듬하고 이 막대 주위로 이상하게 반짝거리는 부분이 보일 겁니다. 어떤 점에 있어서는 마치 비현실적으로 느껴지겠지요." 그는 손가락으로 그 부분을 가리키고 계속 말했다. "또 여기에 작은 하얀색 레버가 하나 있고, 여기에 하나가 더 있어요."

의사가 의자에서 일어나 그 기계 장치를 자세히 들여다보았다. "아주 잘 만들었군." 그가 말했다.

"만드는 데 2년이나 걸렸지요." 시간 여행자가 대꾸했다. 우리가 모두 의사의 행동을 따라하고 나자 시간 여행자가 말했다. "이제 내 말을 똑똑히 잘 듣길 바랍니다. 이 레버를 누르면 이 기계를 미래로 보낼 수 있습니다. 그리고 다른 레버를 누르면 반대로 과거로 보낼 수 있어요. 시간을 여행하려는 자는 여기 이 안장 위에 앉으면 됩니다. 이제 나는 이 레버를 누르고자 합니다. 그러면 이 기계는 출발할 것입니다. 희미해지다가 미래의 시간으로 들어가면서 완전히 사라지게 될 것입니다. 이 기계를 유심히 잘 보십시오. 탁자도 잘 보세요. 속임수가 전혀 없다는 것이 확인될 수 있도록 말입니다. 이 모형을 헛되이 쓰고 싶지도, 사기꾼이라는 소리를 듣고 싶지도 않으니까요."

1분여의 침묵이 흘렀다. 심리학자가 나에게 말을 걸려는 것 같았는데 마음을 바꿨는지 그만두었다. 바로 그때 시간 여행자가 레버 쪽으로 손가락을 뻗었다. 그러다가 갑자기 심리학자 쪽으로 몸을 돌리며 말했다. "아니, 선생님의 손을 빌리는 게 좋겠군요." 그러고는 심리학자의 손을 잡더니 집게손가락을 내밀라고 말했다. 그리하여 모형 타임머신을 끝없는 여행길로 떠나보낸 사람은 결국 심리학자가 되었다. 우리 모두는 그 레버가 돌아가는 것을 보았다. 분명 확신하건대 속임수는 그 어디에도 없었다. 한 줄기 바람이 일더니 램프 불꽃이 확 일었다. 벽난로 선반에 있던 촛불 가운데 하나가 꺼지고, 그 작은 기계가 갑자기 빙빙 돌더니 흐릿해지면서 한순간 유령처럼 보였다가 또 희미하게 반짝이는 놋쇠와 상아의 소용돌이처럼 보였다. 그러더니 그 기계가 없어졌다. 사라져 버린 것이다! 램프를 제외하고 탁자 위에는 이제 아무것도 없었다.

다들 잠시 동안 아무 말이 없었다. 이윽고 필비가 경악스러웠다고 말했다.

망연자실해 있던 심리학자가 정신을 차리고는 갑자기 탁자 밑을 살펴보았다. 그 모습에 시간 여행자는 쾌활하게 웃었다. "그래서요?" 시간 여행자가 조금 전 심리학자가 했던 말을 상기시키며 말했다. 그는 일어나 담배 항아리가 놓인 벽난로 선반 앞으로 가서 우리를 등지고 파이프에 담배를 채우기 시작했다.

우리는 서로를 빤히 쳐다보았다. "이보시오." 의사가 말했다. "진심이오? 진심으로 그 기계가 시간 속으로 여행을 떠났다고 믿는 거요?"

"물론이지요." 시간 여행자가 몸을 굽혀 난롯불을 불쏘시개에 옮겨 붙이면서 말했다. 그러고는 불쏘시개로 파이프에 불을 붙이며 돌아서서 심리학자의 얼굴을 바라보았다. (심리학자는 혼란스럽지 않다는 것을 보여 주려고 시가 한 대를 집었지만 끝도 자르지 않은 채로 불을 붙이려 했다.) "게다가 거의 완성 단계에 있는 큰 기계가 저기 있어요."라면서 그는 연구실 쪽을 가리켰다. 그러고는 말을 이었다. "완성되면 내가 직접 여행을 해 볼 작정입니다."

"그 기계가 미래로 여행을 떠났다는 말인가?" 필비가 물었다.

"미래 아니면 과거로 갔겠지. 어느 쪽으로 갔는지는 나도 확실히 모르네."

잠시 후 뭔가 생각이 떠오른 모양인지 심리학자가 이렇게 말했다. "그 기계가 어딘가로 갔다면 과거로 간 게 틀림없소."

"왜요?" 하고 시간 여행자가 물었다.

"왜냐하면 그 기계가 공간 이동은 하지 않았을 텐데, 그 기계가 미래로 갔다면, 틀림없이 지금 이 시간을 지나갔을 테니 지금껏 여기에 있어야 하지 않소."

심리학자의 말에 내가 끼어들었다. "하지만 그 기계가 과거로 갔다면 우리가 오늘 이 방에 처음 들어왔을 때 보였어야 하잖습니까. 그리고 지난주 목요일 우리가 여기에 있었을 때도, 지지난주 목요일에도, 또 그 앞 주의 목요일에도 말이지요!"

"만만찮은 반론들이오." 지방 시장이 시간 여행자 쪽으로 몸을 돌리며 공명정대한 태도로 논평하듯 말했다.

시간 여행자는 "전혀 그렇지 않습니다." 하고 대꾸한 다음, 심리학자를 보며 말을 이어 갔다. "생각해 보십시오. 선생님이라면 그걸 설명할 수 있잖습니까. 그건 식역* 아래의 표상**, 그러니까 희석된 표상이지요."

심리학자는 "당연히 설명할 수 있소."라고 대답하고는 우리에게 설명해 주었다. "그건 간단한 심리학 개념이오. 진작 그 생각을 해야 했는데. 무척 명백한 그 개념은 역설적인 문제를 푸는 데 도움이 될 거요. 우리가 빙빙 도는 바퀴살이나 허공을 날아가는 총알을 볼 수 없듯이, 우리는 그 기계를 볼 수도 인식할 수

---

* 감각이나 반응을 일으키는 경계에 있는 자극의 크기를 나타내는 심리학 용어로, 인식에 필요한 최소한의 강도를 가리킨다. 따라서 식역 아래에 있는 대상은 인식하지 못한다.

** 외부 세계의 대상을 마음속에 나타내는 것을 뜻하는 심리학 용어.

도 없소. 만약 그 기계가 우리보다 50배나 100배 더 빠른 속도로 시간 속을 여행하고 있다면, 그러니까 우리가 1초를 나아가는 동안 그 기계가 1분을 나아간다면, 그 기계가 주는 인상은 당연히 시간 속을 여행하고 있지 않을 때 주는 인상의 50분의 1이나 100분의 1밖에 되지 않을 거요. 그건 무척 명백한 사실이오."

심리학자는 그 기계가 있었던 공간에 손을 넣어 쓱 통과시켜 보았다. 그러고는 껄껄 웃으며 "알겠소?" 하고 덧붙였다.

우리는 가만히 앉아 텅 빈 탁자를 잠시 응시했다. 시간 여행자가 우리에게 이 모든 일에 대해 어떻게 생각하느냐고 물었다.

"오늘 밤엔 정말 그럴듯하게 들린다오." 의사가 말했다. "하지만 내일까지 기다리는 게 좋겠소. 아침에 멀쩡한 정신이 들 때까지 말이오."

"타임머신의 실물을 보고 싶지 않습니까?" 시간 여행자가 물었다. 그러면서 그는 손에 램프를 들고 앞장서서 외풍이 들어오는 긴 복도를 걸어 우리를 연구실로 안내했다. 깜박거리는 램프 불빛, 그의 기묘하고 넓은 머리 윤곽, 춤추는 그림자들, 당혹스러우면서도 의심하는 듯한 표정으로 우리 모두가 그를 따라가던 모습 그리고 우리 눈앞에서 사라졌던 작은 기계 장치의 더 큰 실물을 연구실에서 봤던 순간을 나는 지금도 생생히 기억한다. 그 기계는 일부가 니켈, 일부는 상아로 되어 있었고, 또 일부는 분명히 수정을 줄로 깎고 톱으로 켜서 만든 것이었다. 기계는 거의 완성되어 있었지만 나선형의 수정 막대들이 아직 완성되지 않은 채로 작업대 위에 놓여 있었고, 그 옆에는 도면도 여러 장 있었다. 나는 수정 막대 하나를 집어 들고 더 자세히 살펴보았다. 그것은 석영인 것 같았다.

"이보시오." 의사가 말했다. "정말 진심이오? 아니면 혹시 이것도 속임수 아니오? 지난 크리스마스 때 우리에게 보여 준 그 허깨비 놀음처럼 말이오."

시간 여행자가 램프를 높이 들고 말했다. "난 저 기계를 타고 시간을 탐험할 작정입니다. 알겠습니까? 내 평생 이보다 더 진지했던 적은 없어요."

우리 가운데 어느 누구도 그 말을 어떻게 받아들여야 할지 몰랐다.

의사의 어깨 너머로 나와 눈이 마주친 필비가 엄숙한 표정으로 내게 한쪽 눈을 깜박했다.

2

　내 생각에 그 당시 우리 가운데 그 타임머신 이야기를 믿은 사람은 아무도 없었다. 사실, 시간 여행자는 너무 영리한 탓에 믿기 어려운 부류에 속하는 사람이었다. 그를 전반적으로 잘 안다고 느끼는 사람은 전혀 없었다. 명쾌하고 솔직한 그의 태도 뒤에 뭔가 교활한 이면이, 뭔가 교묘한 꿍꿍이가 숨어 있지 않을까 하고 사람들은 늘 의심했다. 만약 필비가 타임머신 모형을 보여주면서 시간 여행자의 말을 빌려 그 문제를 설명했더라면, 우리는 훨씬 덜 의심했을 것이다. 필비의 진의야 우리가 쉽게 알아챌 수 있었을 테니 말이다. 푸줏간 주인이라도 필비의 말은 이해할 수 있었을 테니 말이다. 하지만 시간 여행자는 변덕스런 성향이 강해서 우리는 그를 신뢰하지 않았다. 덜 영리한 사람이 했다면 명성을 얻게 되었을지 모르는 일도 그가 하면 속임수처럼 여겨졌다. 일을 너무 쉽게 하다 보면 오해를 받기 마련이다. 그를 진지하게 받아들이는 진지한 사람들도 그의 태도를 확신하지는 못했다. 판단력에 대한 자신들의 평판을 그에게 맡기는 것은 아이방에 얇고 깨지기 쉬운 도자기를 두는 것과 같다는 점을 그들 역시 어느 정도 인식하고 있었다. 그래서 우리 가운데 어느 누구도 그날 목요일부터 그다음 목요일이 되기까지 시간 여행에 대해 그다지 이야기하지 않았던 것 같다. 그래도 우리 대부분의 마음속에서는 시간 여행이 가능할지도 모른다는 묘한 기대가 틀림없이 떠올랐을 것이다. 그럴싸하기도 하고, 사실상 믿을 수 없기도 하고, 시간 여행으로 인해 기이한 연대 착오와 엄청난 혼란이 일어날지 모른다는 생각들이 분명 우리 마음속에 자리했을 것이다. 나는 특히 그 타임머신 모형을 사라지게 한 속임수에 정신이 팔려 있었다. 금요일 린네학회에서 의사를 만나 그 점에 대해 의견을 나눴던 기억이 난다. 의사는 튀빙겐*에서 그 비슷한 것을 본 적 있다면서 촛불이 꺼졌던 점을 상당히 강조했다. 하지만 그 속임수가 어떻게 이루어졌는지는 설명하지 못했다.

　다음 주 목요일, 나는 다시 리치먼드**로 갔다. 나는 시간 여행자의 집을 아주 빈번하게 찾아간 방문객 중 하나였을 것이다. 늦게 도착해서 보니 네다섯 사람이 벌써 그의 응접실에 모여 있었다. 의사는 한 손에 종이 한 장을, 다른 손에는 자신의 시계를

---

* 독일의 대학 도시.
** 런던 남서쪽 교외의 주택 지구.

들고 난롯불 앞에 서 있었다. 내가 시간 여행자를 찾아 두리번거리는데, 의사가 "이제 일곱 시 반이오. 우리, 저녁 식사를 하는 게 좋지 않겠소?"라고 말했다.

"———는 어디 있습니까?" 나는 우리를 초대한 주인의 이름을 대며 물었다.

"방금 오셨소? 그게 좀 이상하구려. 그 친구는 불가피하게 어딘가에 붙들려 있는 모양이오. 자기가 일곱 시까지 돌아오지 않으면 우리 먼저 저녁 식사를 들라고 내게 이 쪽지를 남겼다오. 무슨 일인지는 돌아와서 설명해 주겠다는구려."

"저녁 식사를 망친다면 아쉬울 것 같군요." 유명 일간지의 편집장이 말했다. 그러자 곧바로 의사가 종을 울렸다.

지난번 저녁 식사에 참석했던 사람은 의사와 나를 빼면 심리학자가 유일했다. 나머지 손님으로는 앞서 언급한 편집장 블랭크와 어떤 신문 기자 그리고 내가 모르는 사람 한 명이 다였다. 그 사람은 턱수염을 기른 조용하고 수줍음이 많은 남자로, 내가 관찰한 바로는 저녁 내내 한 번도 입을 열지 않았다. 저녁 식사 자리에서 시간 여행자가 집에 없는 이유를 두고 이런저런 추측들이 오갔고, 나는 반쯤 우스갯소리로 시간 여행을 하고 있어서 그런 게 아니냐고 말했다. 편집장이 그게 무슨 소리냐고 자신에게 설명해 달라고 하자, 심리학자가 나서서 지난주 목요일 우리가 목격한 '교묘한 역설과 속임수'에 대해 딱딱하게 설명해 나갔다. 그가 한창 설명하고 있는데 복도 쪽 문이 소리 없이 천천히 열렸다. 나는 문을 마주 보고 앉아 있었기 때문에 문이 열리는 것을 가장 먼저 보았다. "여러분! 드디어 왔나 봅니다!" 하고 내가 말했다. 그리고 문이 조금 더 열리면서 시간 여행자가 우리 앞에 모습을 드러냈다. 나는 깜짝 놀라 외마디 소리를 질렀다. 내 다음으로 그를 본 의사가 "맙소사! 아니, 대체 어찌 된 거요?" 하고 소리쳤다. 그러자 식탁에 둘러앉아 있던 모두가 문 쪽을 돌아봤다.

시간 여행자는 깜짝 놀랄 만한 행색을 하고 있었다. 외투는 먼지투성이에 더러웠고 소매는 초록색으로 얼룩져 있었다. 머리카락은 엉망으로 헝클어지고 더 허예진 것 같았는데, 흙먼지를 뒤집어썼거나 정말로 머리카락이 세어 버린 듯이 보였다. 얼굴은 사색이 되어 있었다. 턱에 나 있는 상처는 반쯤 아물어서 갈색을 띠고 있었다. 표정은 극심한 고통을 겪은 사람 마냥 초췌하고 일그러져 있었다. 불빛이 눈부셨는지 그는 문간에서 잠깐 머뭇거렸다. 그런 뒤 방 안으로 들어왔다. 발이 아픈 부랑자처럼 절뚝거리며 걸었다. 우리는 아무 말 없이 그를 응시하며 그가 입을 열기를 기다렸다.

그는 한 마디 말도 하지 않고 고통스럽게 식탁으로 다가와서 술 쪽을 가리키며 손짓했다. 편집장이 샴페인을 한 잔 가득 따라 그에게로 밀어 주었다. 그가 샴페인을 쭉 들이켰다. 얼굴에 여느 때와 같은 엷은 미소를 띠며 식탁을 둘러보는 것으로 보아 그 덕택에 조금 기운을 차린 것 같았다. "이보시오, 대체 무슨 일이

오?" 의사가 물었다. 하지만 시간 여행자는 의사의 말이 들리지 않는 모양이었다. "나한테 신경 쓰지 말고 식사들 계속하세요." 시간 여행자가 약간 더듬거리며 말했다. "난 괜찮습니다." 말을 멈춘 그가 잔을 내밀어 술을 더 받아서 단숨에 들이켰다. "좋군요." 하고 말하는 그의 눈에 생기가 돌고 뺨에 혈색이 살짝 돌았다. 다소 흐리멍덩하지만 알아보겠다는 듯한 눈길로 우리의 얼굴을 훑은 다음, 그는 따뜻하고 편안한 방 안을 둘러보았다. 그런 뒤 다시 입을 열었는데 아직도 더듬더듬 낱말을 찾아가며 말하는 것 같았다. "좀 씻고 옷도 갈아입은 다음 내려와서 어찌된 일인지 다 말해 주겠습니다. 그 양고기 좀 남겨 주세요. 고기가 먹고 싶어 죽겠거든요."

그는 찾아오는 일이 드문 손님인 편집장을 건너다보며 잘 지냈느냐고 인사를 건넸다. 편집장은 질문을 던지려 했다. "곧 말해 주겠소." 시간 여행자가 말했다. "지금은 내가 좀…… 상태가 안 좋아서 말이오! 금방 괜찮아질 거요."

시간 여행자는 잔을 내려놓고 계단 쪽 문으로 걸어갔다. 또다시 나는 그가 절뚝거리며 걷고 발소리가 아주 약하며 거의 들리지 않는다는 사실을 알아챘다. 나는 자리에서 일어나 방에서 나가는 그의 발을 보았다. 그는 너덜너덜한 피투성이 양말 말고는 아무것도 신고 있지 않았다. 그가 나가고 문이 닫혔다. 난 따라가 볼까 하는 마음도 반쯤 있었지만 그가 자기 때문에 야단법석을 떠는 것을 몹시 싫어한다는 사실이 떠올랐다. 아마 잠시 나는 부질없는 공상에 빠져 있었다. 그때 "저명한 과학자의 이상한 행동" 하고 편집장이 (평소의 습관대로) 표제를 궁리하면서 말하는 소리가 들렸다. 그 소리에 나는 화려한 저녁 식탁으로 다시 주의를 돌렸다.

"도대체 무슨 일일까요?" 신문 기자가 말했다. "거지 행세라도 하고 온 걸까요? 도무지 알 수가 없군요." 나는 눈이 마주친 심리학자의 얼굴에서 나와 같은 생각을 읽었다. 나는 고통스럽게 절뚝거리며 위층으로 올라가는 시간 여행자를 머리에 떠올렸다. 다른 어느 누구도 그가 절뚝거리는 걸 눈치채지 못한 것 같았다.

이 놀라움 속에서 가장 먼저 정신을 차린 사람은 의사였다. 그는 종을 울려 ―시간 여행자는 하인이 옆에서 식사 시중을 드는 것을 싫어했다.― 따뜻한 음식을 내오게 했다. 그러자 편집장이 투덜거리며 나이프와 포크를 다시 들었고, 말 없는 그 남자도 똑같이 따라했다. 저녁 식사가 다시 시작되었다. 대화는 잠시 동안 감탄조로 이어지며 중간 중간 경탄의 말이 오갔다. "우리 친구가 부족한 수입을 도로 청소부 일로 메꾸는 것일까요? 아니면 우리 친구가 네부카드네자르*와 같은 양상을 띠는 걸까요?" 호기심이 불타오른 편집장이 물었다. "분명 타임머신과 관련된 일 때문일 거요." 내가 대답하며 지난 모임에 있었던 일에

---

* 기원전 신바빌로니아의 왕으로, 왕위를 잃은 뒤 인간의 본성이 없어지고 짐승의 본성이 나타나 7년간 짐승처럼 살았다고 한다. 성경 다니엘서에서는 '느부갓네살'로 표기되어 있다.

대해 심리학자가 들려주다 만 이야기를 계속해 주었다. 이번 주에 새로 온 사람들은 노골적으로 못 믿겠다는 표정을 드러냈다. 편집장이 이의를 제기했다. "시간 여행이란 게 대체 뭡니까? 역설적인 주장 속에서 좀 구른다고 해서 온몸이 먼지투성이가 되지는 않잖아요?" 그런 뒤 지금 자기가 한 말이 마음에 와 닿았는지 풍자조로 미래에는 옷솔도 없느냐고 비꼬았다. 신문 기자도 전혀 믿으려 하지 않고 편집장에게 가세해 그 모든 것에 마구 조롱을 퍼부었다. 두 사람 다 새로운 유형의 언론인으로, 아주 쾌활한 동시에 불손한 젊은이들이었다. "모레 우리 신문사의 특파원이 보도할……." 신문 기자가 말하고 ─아니 말한다기보다는 소리치고─ 있을 때 시간 여행자가 돌아왔다. 그는 멀끔한 야회복을 입고 있었는데, 초췌한 안색을 제외하고는 방금 전 나를 깜짝 놀라게 했던 변화된 모습은 하나도 남아 있지 않았다.

"있잖아요, 여기 이분들 말씀으론 선생님이 다음 주 가운데 어디쯤을 여행하고 오셨다는군요! 리틀 로즈버리*에 대해 아는 대로 다 말씀해 주시겠습니까? 전부 얼마를 드리면 되겠습니까?" 편집장이 신나서 떠들어 댔다.

시간 여행자는 아무런 대꾸도 하지 않고 그를 위해 남겨 둔 자리로 갔다. 그가 평소처럼 입가에 살짝 미소를 띠며 말했다. "내 양고기는 어디 있습니까? 다시 포크로 고기를 찌르다니 이

---

* Little Rosebery(1847~1929). 영국의 정치가로, 이 책이 출간된 당시의 영국 수상이다.

얼마나 기쁜지요!"

"이야기 좀 해 보세요!" 편집장이 외쳤다.

"그놈의 이야기!" 시간 여행자가 말했다. "먼저 뭘 좀 먹어야 겠소. 내 동맥에 단백질이 들어가기 전까지는 한 마디도 하지 않을 거요. 고맙소. 소금도 좀 주시오."

"한 마디만 해 주게." 내가 말했다. "시간 여행을 하고 왔나?"

"응." 시간 여행자가 입에 음식을 가득 넣은 채 고개를 끄덕이며 말했다.

"말씀하신 그대로 한 줄당 1실링씩 드리겠습니다." 하고 편집장이 말했다. 시간 여행자는 말 없는 남자 쪽으로 자신의 잔을 밀더니 손톱으로 잔을 톡톡 쳐서 울렸다. 시간 여행자의 얼굴을 응시하고 있던 말 없는 남자가 화들짝 놀라며 포도주를 따라 주었다. 남은 저녁 식사 시간 내내 계속 불편함이 이어졌다. 나의 경우에는 갑작스런 질문들이 솟구쳐 올라 자꾸만 입 밖으로 나오려 했다. 감히 말하건대 아마 다른 사람들 역시 마찬가지였을 것이다. 신문 기자는 긴장된 분위기를 풀어 보려고 헤티 포터*의 일화를 꺼냈다. 시간 여행자는 식사에만 전념했는데, 그의 식욕은 마치 부랑자 같았다. 의사는 담배를 피우며 실눈을 뜨고 시간 여행자를 지켜보았다. 말 없는 남자는 여느 때보다 훨씬 더 어색한 모양인지 완전히 신경이 곤두서는 규칙적이고 결연하게 샴페인을 들이켰다. 마침내 시간 여행자가 접시를 밀어내

---

* 가상의 인물로. 문맥상 배우나 가수 같은 인기 연예인으로 추정된다.

고 우리를 둘러보았다. "먼저 사과부터 해야겠군요." 그가 말했다. "정말 배가 너무 고팠거든요. 난 굉장히 놀라운 시간을 보내고 왔어요." 그는 뻗은 손으로 시가를 집어 그 끝을 잘랐다. "흡연실로 갑시다. 기름투성이 접시들을 앞에 두고 얘기하기엔 너무 긴 이야기니까 말입니다." 내친 김에 그는 종을 울리고 앞장서서 옆방으로 갔다.

"자네, 블랭크와 대시 그리고 초즈에게 타임머신 얘기를 해 줬겠지?" 그는 안락의자에 기대앉아 새로운 세 명의 손님 이름을 대며 나에게 말했다.

"하지만 그건 한낱 역설에 불과해요." 편집장이 말했다.

"오늘 밤에는 논쟁하고 싶지 않군요. 이야기를 하는 건 괜찮지만 논쟁은 못할 것 같습니다. 여러분이 원한다면 내게 일어났던 일들을 말할게요. 그러나 중간에 끼어들어 이야기를 끊는 건 삼가 주세요. 나도 이야기를 들려주고 싶으니까요. 그것도 대단히 말이지요. 이야기의 대부분은 거짓말처럼 들릴 겁니다. 그렇다면 어쩔 수 없죠! 그 이야기는 사실입니다. 한 마디 한 마디가 모두 다 엄연한 사실이지요. 그날 네 시, 나는 연구실에 있었습니다. 그때부터…… 여드레를 살았어요……. 여태껏 어떤 사람도 살아본 적 없는 그런 날들을 말이지요! 나는 지금 무척 지쳤지만, 이 일을 여러분에게 다 들려주기 전에는 잠들지 않을 겁니다. 그런 다음에야 잠자리에 들 거예요. 그러니 절대 중간에 끼어들어 내 말을 끊지 말아 줘요! 알겠습니까?"

"알겠습니다." 편집장이 대답하자 나머지 사람들도 다들 알겠다고 따라 말했다. 그러자 바로 시간 여행자는 내가 다음 장부터 기록해 둔 이야기를 시작했다. 그는 처음에는 안락의자에 털썩 기대고 앉아 지친 사람처럼 말을 꺼냈다. 하지만 뒤로 갈수록 점점 활기차졌다. 나는 그가 말한 것을 글로 적어 나가면서 그의 이야기의 우수함을 표현하기에는 펜과 잉크로는 부족하다는 것을 ―그리고 무엇보다도 내 능력이 부족하다는 것을― 너무나도 통렬하게 느낀다.

충분히 주의 깊게 읽기야 하겠지만 독자 여러분은 작은 램프의 밝은 원형 빛 속 화자의 하얗고 진지한 얼굴도 볼 수 없고, 목소리의 억양도 들을 수 없다. 여러분은 이야기가 전환점을 맞을 때마다 그의 표정이 어떻게 변하는지도 알지 못하리라! 흡연실에 촛불이 켜져 있지 않아서 그의 이야기를 듣는 우리 대부분은 어둠 속에 있었으며, 신문 기자의 얼굴과 말 없는 남자의 무릎 아래로만 램프의 불빛이 비추었다. 처음에 우리는 이따금씩 서로를 흘끗거리며 쳐다보았다. 하지만 그로부터 시간이 지난 후에는 흘끗거리기를 그만두고, 시간 여행자의 얼굴만을 바라보았다.

3

"나는 지난주 목요일 여러분 가운데 몇 사람에게 타임머신의 원리에 대해 설명해 주고 연구실에 있는 미완성 상태의 타임머신 실물도 보여 주었지요. 타임머신은 지금도 그곳에 있습니다. 사실, 시간 여행으로 조금 망가지긴 했지만 말입니다. 상아 막대 하나가 금이 갔고, 놋쇠 가로대가 구부러졌지만, 나머지는 멀쩡한 것 같아요. 처음에 나는 금요일이면 타임머신을 완성할 수 있으리라 예상했지요. 그런데 금요일, 타임머신의 조립이 거의 끝나갈 무렵에야 니켈 막대 하나가 정확히 1인치 짧은 것을 발견했고 그걸 다시 만들어야 했습니다. 오늘 아침까지도 타임머신은 완성되지 않은 채였어요. 최초의 타임머신이 첫발을 내디딘 것은 바로 오늘 아침 열 시였습니다. 나는 타임머신을 마지막으로 점검해 보고, 모든 나사를 다시 죄고, 석영 막대에 기름을 한 방울 더 칠한 다음, 안장에 앉았습니다. 자살하려고 권총을 자신의 머리에 겨눈 채 이제 무슨 일이 일어날까 궁금해하는 사람만이 그때 내가 느낀 기분을 이해하겠지요. 나는 한 손으로는 시동 레버를, 다른 손으로는 정지 레버를 잡고, 시동 레버를 미는 동시에 정지 레버를 밀었습니다. 현기증이 나는 것 같았어요. 추락하는 악몽을 꾸는 기분이었지요. 주위를 둘러보니 전과 똑같은 연구실이 보이더군요. 무슨 일이 일어나기는 한 건가? 한순간 나의 사고 능력이 나 자신을 속인 게 아닌가 하는 의심이 들었습니다. 그러다가 벽시계를 보았지요. 그랬더니 조금 전까지만 해도 분명 10시 1분쯤을 가리키고 있었던 시계가 거의 3시 반을 가리키고 있질 않겠습니까!

숨을 고른 다음 이를 악문 채 양손으로 시동 레버를 움켜잡고 밀자 쿵 소리와 함께 타임머신이 출발했습니다. 연구실이 안개 낀 듯 흐릿해지고 어두워지더군요. 워쳇 부인이 연구실에 들어와 정원으로 난 문 쪽으로 걸어가는데, 분명 내가 보이지 않는 모양이었어요. 실제로 부인이 연구실을 가로질러 가는 데는 1분 정도가 걸렸겠지만, 내 눈에는 로켓처럼 쏜살같이 그곳을 스쳐 지나가는 것처럼 보였죠. 나는 레버를 맨 끝까지 밀었어요. 램프가 꺼지듯이 바로 밤이 찾아오더니 다음 순간 내일이 찾아왔습니다. 연구실은 희미하게 그리고 흐릿하게 보이기 시작했고 점점 더 희미해졌습니다. 다음 날 밤이 찾아와 사위가 어두워졌고, 다시 날이 밝고, 다시 밤이 되었다가 또다시 날이 밝고, 이런 과정이 시간이 갈수록 점점 더 빨리 반복되었어요. 소용돌이 치듯 윙윙거리는 소리가 귀를 가득 채웠고, 기묘하고 말로 표현할 수 없는 혼란이 마음에 밀려들었습니다.

유감스럽게도 시간 여행의 특이한 느낌을 전달할 수가 없군요. 지나치게 불쾌한 느낌이었어요. 속수무책으로 곤두박질치는 롤러코스터를 탄 기분과 똑같았지요! 금방이라도 어딘가에 부딪쳐 박살 날 듯한 끔찍한 예감도 들더군요. 속도가 붙자 검은 날개를 퍼덕이는 것처럼 낮에 이어 밤이 찾아왔습니다. 흐릿하게 보이던 연구실도 이제는 사라져 버린 것 같았어요. 태양이 순식간에 하늘을 가로질러 가는 게 보이더군요. 태양이 1분에 한 번씩 휙 날아올라 갔으니, 1분이 하루였지요. 나는 연구실이 파괴되어 야외로 나와 있는 모양이라고 추측했습니다. 비계*를 본 것 같은 느낌이 어렴풋이 들었거든요. 하지만 나는 이미 너무 빠른 속도로 나아가고 있어서 움직이는 것은 그 무엇도 알아볼 수 없었어요. 기어가는 가장 느린 달팽이조차 너무나도 빨리 휙 지나가더군요. 번쩍거리며 끊임없이 교차되는 어둠과 빛을 보다 보니 눈이 무척 고통스러웠어요. 그러다가 간간이 찾아오는 어둠 속에서 빠르게 빙빙 돌며 초승달에서 반달을 지나 보름달로 변해 가는 달이 보였습니다. 그리고 원을 그리며 도는 별들도 희미하게 언뜻 보였고요. 계속 속도를 올리며 나아가자, 얼마 지나지 않아 고동치던 밤과 낮이 하나가 되어 회색빛 세상이 계속

---

* 높은 곳에서 공사할 수 있도록 임시로 설치한 가설물.

펼쳐졌어요. 하늘은 경탄할 만큼 짙푸른색, 이른 황혼녘의 하늘 색같이 찬란하게 빛나는 색을 띠었습니다. 휙휙 움직이던 태양은 이제 한 줄기 불빛이 되어 공간 속에 멋진 아치를 그리고 있었어요. 달은 더 희미하고 계속 모습이 바뀌는 띠처럼 보였고요. 별은 하나도 보이지 않았는데, 그저 가끔 푸른 하늘에 더 밝고 깜빡거리는 동그란 물체만이 보일 뿐이었지요.

풍경은 안개가 낀 듯 흐릿하고 희미했습니다. 나는 여전히 이 집이 서 있는 언덕 비탈에 있었고 저 높이 하늘 위로는 잿빛 언덕 마루가 흐릿하게 솟아 있었어요. 나무들은 자라나면서 수증기를 훅훅 내뿜듯 갈색으로 변했다가 초록색으로 변했다 했습니다. 나무들은 자라고, 가지를 뻗고, 흔들거리더니 사라졌어요. 거대한 건물들이 아찔하고 아름답게 치솟았다가 꿈처럼 지나갔습니다. 지표면 전체가 변한 것처럼 보였는데 내 눈 아래에서 땅이 녹아 흐르고 있는 것 같았어요. 속도를 표시하는 계기판의 작은 바늘들이 점점 더 빠르게 돌았습니다. 이내 나는 태양이 띠 모양 경로를 따라 오르내리며 하지점에서 하지점으로 다시 돌아오는 데 1분도 채 안 걸린다는 사실을 알게 되었어요. 이 말은 곧 내가 1분당 1년이 넘는 속도로 이동한다는 뜻이었지요. 1분마다 하얀 눈이 온 세상에 번쩍 빛났다가 사라지고, 뒤이어 선명한 초록빛의 봄이 반짝하고 나타나고는 했습니다.

출발할 때 들었던 불쾌한 느낌들은 점차 한결 누그러졌습니다. 그 느낌들은 차츰 융합되어 마침내 일종의 히스테리성 흥분으로 바뀌어 있었지요. 타임머신이 불편하게 흔들리는 것을 확실히 감지하기는 했지만 왜 그런지 알 수가 없었어요. 하지만 마음속이 워낙 혼란스러웠던 탓에 거기에 신경을 쓸 수 없었고, 그렇게 일종의 광기가 점점 커져 나가는 상태에서 나는 미래로 돌진했습니다. 처음에는 멈출 생각도 하지 못했어요. 이 새로운 감정 말고는 아무것도 생각할 수가 없었던 거지요. 하지만 이내 마음속에서 새로운 일련의 감정들이 ―얼마간의 호기심 그리고 뒤이어 얼마간의 두려움이― 자라나더니 마침내 나를 완전히 사로잡았습니다. 순간 '내 눈앞에서 질주하면서 계속 변화하는, 흐릿하고 파악하기 어려운 세상을 자세히 들여다보기 위해 매우 가까이 다가가면, 인류가 얼마나 낯설게 발전했는지, 우리의 미숙한 문명이 얼마나 경이롭게 진보했는지 보이지 않을까!' 하는 생각이 들더군요. 내 주위로 거대하고 화려한 건축물이 솟아올랐는데, 우리 시대의 어떤 건물보다 웅장했지만 그래도 아직은 희미한 빛과 안개로 지어진 것처럼 보였어요. 더 선명한 초록빛이 언덕 비탈 위로 흘러들어 겨울에도 계속 그곳에 남아 있더군요. 머리가 혼란스러운 가운데서도 대지는 무척 아름다워 보였습니다. 그리하여 내 마음에 이제 그만 멈춰 볼까 하는 생각이 들게 되었지요.

나나 타임머신이 차지한 공간에 이미 어떤 물질이 존재할 수 있다는 특이한 위험이 도사리고 있었습니다. 내가 빠른 속도로 시간을 여행하는 동안에는 전혀 문제가 되지 않던 위험이었어요. 말하자면 나는 희석된 것 같은 상태가 되어 내 앞에 끼어드는 물질들의 틈새로 수증기처럼 빠져나가고 있었으니까요! 하지만 멈추게 되면 나는 길을 막고 있는 것이 무엇이든 분자 대 분자로 끼어들게 되어 있었습니다. 그건 바로 나와 그 방해물의 원자들이 딱 맞부딪치는 순간 엄청난 화학 반응—어쩌면 광범위한 폭발—을 일으켜 나 자신과 타임머신을 어느 차원이든 우리가 아는 차원에서 '미지의 차원'으로 날려 버릴 것이라는 뜻이었습니다. 그런 일이 일어날 가능성에 대한 생각이 타임머신을 만드는 동안에도 되풀이해서 머리에 떠오르곤 했지만 그냥 불가피한 위험으로, 사나이라면 감수해야 할 위험으로 기꺼이 받아들였었지요. 그런데 이제 그 위험을 피할 수 없게 되자, 나는 더 이상 그것을 그때와 똑같이 기꺼운 마음으로 볼 수가 없었습니다. 사실은 모든 것이 완전히 낯선 데다 타임머신은 메스껍게 삐걱거리며 흔들리기까지 하고, 무엇보다도 오래도록 계속 추락하는 느낌 때문에 의식하지 못하는 사이 내 신경은 극도로 어지럽혀져 있었습니다. 나는 결코 멈출 수 없을 거라고 혼잣말을 했는데, 그러자 갑작스레 조바심이 나서 당장 멈추기로 마음먹었습니다. 나는 안절부절못하는 바보처럼 레버를 힘껏 끌어당겼습니다. 그랬더니 바로 타임머신이 휘청하며 뒤집어지는 바람에 나는 그만 허공으로 튕겨져 나가 곤두박질쳤습니다.

귓전에 천둥소리가 울리더군요. 잠시 정신을 잃은 모양이었습니다. 내 주위로 무자비한 우박이 후드득 쏟아지는 가운데,

나는 뒤집힌 타임머신 앞의 부드러운 잔디에 앉아 있었습니다. 모든 것이 아직 회색으로 보였지만 이내 귓전에 울리던 혼란스런 소리가 사라졌단 걸 깨달았지요. 나는 주위를 둘러보았습니다. 내가 앉아 있는 곳은 진달래 덤불에 둘러싸인 어느 정원의 작은 잔디밭 같더군요. 우박을 맞아 연보라색과 자주색 진달래 꽃들이 빗발치듯 떨어지고 있었어요. 춤을 추듯 우박이 되튀어 올라 타임머신 위의 구름 속에 걸려 있기도 하고 연기처럼 땅바닥에 흩날리기도 했지요. 순식간에 나는 흠뻑 젖었습니다. 나는 "멋진 환대로군. 당신들을 보러 무수한 세월을 이동해 온 사람에게 말이야." 하고 혼자 중얼거렸습니다.

얼마 지나지 않아 이렇게 흠뻑 젖은 내가 정말 바보 같다는 생각이 들더군요. 일어나 주위를 둘러보았습니다. 진달래 덤불 너머 하얀 돌로 조각된 것 같은 거대한 조각상이 뿌연 폭우 사이로 어렴풋이 보였어요. 하지만 그밖에 다른 건 아무것도 보이지 않았습니다.

그때의 내 기분을 말로는 표현하기 어려울 것 같군요. 우박 섞인 빗줄기가 점점 가늘어지자 하얀 조각상이 더 또렷하게 보였습니다. 옆의 자작나무가 그 어깨에 닿을 정도로 커다란 조각상이었습니다. 하얀 대리석을 날개 달린 스핑크스 비슷한 형상으로 조각한 것이었지만, 스핑크스와는 달리 날개를 옆구리 쪽으로 내리고 있지 않고 하늘을 나는 것처럼 활짝 펼치고 있었지요. 겉보기에 청동으로 된 받침대는 시퍼런 녹이 두껍게 슬어 있었습니다. 마침 그 조각상의 얼굴이 나를 향해 있었는데, 보이지 않는 두 눈은 나를 지켜보는 것 같았고 입가에는 희미한 미소를 머금고 있더군요. 비바람에 많이 깎인 탓에 병든 듯한 불쾌한 인상을 풍겼습니다. 나는 잠시 —아마 30초 정도, 아니 어쩌면 30분 정도— 조각상을 바라보며 서 있었습니다. 우박 섞인 빗줄기가 조각상 앞에서 굵어졌다 가늘어졌다 함에 따라 조각상이 앞으로 다가왔다 뒤로 물러났다 하는 것 같았어요. 마침내 조각상에서 잠깐 눈을 떼고, 우박의 장막이 올이 다 드러날 정도로 해어진 채 해가 나올 조짐과 함께 밝아지는 하늘을 보았습니다.

웅크린 하얀 조각상을 다시 올려다보는데 문득 내 여행이 완전히 무모하다는 생각이 들더군요. 뿌연 장막이 완전히 걷히면 뭐가 나타날까? 인류에게 무슨 일이 생기진 않았을까? 잔인함이 일반적인 감정이 되었으면 어떡하지? 그사이에 인류가 사람다움을 잃고 비인간적이고 매정하며 압도적인 힘을 가진 존재로 변해 버렸으면 어떡하지? 나는 그 사람들 눈에 태고 시대의 흉포한 짐승 같아 보이지는 않을까? 자기들과 닮았기 때문에 오히려 더 끔찍하고 혐오스러워서 당장에 죽여 버려야 할 역겨운 짐승처럼 여겨지지는 않을까?

이제 나에게는 다른 광대한 형상들이 —복잡한 난간들과 높은 기둥들이 있는 거대한 건물들이— 보였습니다. 그리고 점점 약해지는 우박 폭풍 사이로 나무가 우거진 언덕 비탈도 어느새 흐릿하게 내 앞에 모습을 드러냈어요. 극심한 공포에 사로잡힌 나는 미친 듯이 타임머신 쪽으로 몸을 돌려 타임머신을 바로 세우려고 안간힘을 썼지요. 그러는 동안, 뇌우 사이로 햇살이 내리쏟아졌습니다. 잿빛 폭우가 한쪽으로 휩쓸려 가면서 길게 나부끼는 유령의 옷자락처럼 사라졌지요. 내 위로 펼쳐진 짙푸른 여름 하늘에 맴돌던 엷은 갈색 구름 몇 조각도 바람에 흩날려 자취를 감추었습니다. 내 주위의 거대한 건물들은 뇌우에 젖어 반짝거리고 벽돌 가로층에 쌓인 채 녹지 않은 우박으로 하얗게 두드러져 보여서 이제 분명하고 또렷이 눈에 들어오더군요. 나는 낯선 세상에서 발가벗겨진 기분이었어요. 위에서 날고 있는 매가 자신을 덮칠 것임을 알면서도 맑은 하늘을 나는 새가 느낄 법한 그런 기분이었지요. 나의 공포는 점점 광란으로 치달았습니다. 잠시 숨을 돌린 다음, 나는 이를 악물고는 다시 타임머신을 붙잡고 손목과 무릎을 이용해 타임머신과 맹렬하게 씨름했습니다. 나의 필사적인 공격에 타임머신은 결국 뒤집혀져서 바로 세워졌지요. 그러던 중 타임머신에 턱을 세게 치이고 말았습니다. 그렇게 한 손은 안장을, 다른 손은 레버를 잡고서 다시 타임머신에 올라탈 자세를 취하며 나는 거칠게 숨을 헐떡이며 서 있었습니다.

하지만 다시 즉각적으로 물러날 수 있게 되자 용기가 되살아났습니다. 바로 그곳, 먼 미래의 세상을 이제 나는 두려움이 아닌 호기심 가득한 시선으로 바라보았어요. 가까운 곳에 있는 집의 벽 높은 곳에 난 둥근 창문 안으로 호화롭고 부드러운 옷을 입은 사람들 무리가 보였습니다. 그들도 나를 보았는지 그들의 얼굴이 내 쪽을 향해 있었어요.

잠시 뒤 나를 향해 다가오는 사람들의 목소리가 들렸습니다. 하얀 스핑크스 조각상 옆 덤불 사이로 달려오는 사람들의 머리와 어깨가 보이더군요. 그중 한 사람이 내가 나의 기계와 함께 서 있는 작은 잔디밭으로 곧장 이어지는 오솔길에 모습을 드러냈습니다. 그는 아주 몸집이 작았고 —120센티미터쯤 되어 보이더군요.— 가운처럼 헐렁한 자주색 윗옷을 입고 허리에는 가죽 띠를 두르고 있었어요. 발에는 샌들인지 편상화*인지를 —둘 가운데 어느 것인지 확실히 구별하기 힘들었어요.— 신고 있었습니다. 다리는 무릎까지 맨살이 드러나 있었고 머리에도 아무것도 쓰고 있지 않았더군요. 나는 그 모습을 보고 나서야 비로소 그곳의 대기가 얼마나 따뜻한지 알게 되었습니다.

그는 무척 아름답고 우아하지만 형용할 수 없이 연약한 인상을 주었습니다. 불그스레한 그의 얼굴은 폐결핵 환자의 아름답게 상기된 얼굴을 연상시켰습니다. 우리가 아주 많이 듣곤 하는, 소모열 홍조를 띠어서 아름다운 폐결핵 환자의 얼굴 말입니다. 그를 보자 나는 갑자기 자신감을 되찾아 타임머신에서 손을 뗐습니다.

---

* 샌들 비슷하게 생긴, 신의 등에서 목까지 긴 끈으로 얽어매게 되어 있는 신발.

4

다음 순간 우리는, 즉 나와 미래의 그 연약한 존재는, 얼굴을 마주 보며 서 있었습니다. 그는 곧장 나에게로 다가와서 내 눈을 쳐다보며 소리 내어 웃었습니다. 그 태도에서 나는 그가 전혀 두려워하지 않는다는 사실을 바로 알 수 있었지요. 그런 뒤 그는 자신을 뒤따라오고 있는 두 사람을 돌아보며 낯설지만 아주 감미롭고 청아한 언어로 말했습니다.

다른 사람들도 오고 있었고, 이내 여덟 명에서 열 명쯤 되는 무척 아름다운 사람들 무리가 나를 둘러쌌습니다. 그 가운데 한 명이 나에게 말을 걸더군요. 정말 기묘하게도 내 목소리가 그들에게는 너무 거칠고 굵게 들릴지도 모른다는 생각이 머릿속에 떠올랐어요. 그래서 나는 고개를 가로저은 다음, 내 양쪽 귀를 가리키며 또다시 고개를 가로저었지요. 그 사람이 한 걸음 앞으로 다가와서 머뭇거리다가 내 손을 만졌습니다. 그러자 곧바로 내 등과 어깨에 닿는 다른 부드러운 촉수들이 느껴졌습니다. 그들은 내가 진짜인지 확인하고 싶은 모양이었어요. 그들이 그렇게 해도 나는 전혀 두렵지 않았습니다. 실은 작지만 아름다운 그 사람들에게는 신뢰감을 불러일으키는 뭔가가 있었습니다. 우아한 상냥함이랄까, 조금은 어린애 같은 평온함이랄까 그런 것이 말이지요. 게다가 굉장히 연약해 보여서 열 명 남짓한 그들 모두를 볼링 핀처럼 쓰러뜨릴 수도 있을 것 같았어요. 하지만 그들이 작은 분홍빛 손으로 타임머신을 만지는 것을 본 나는 갑자기 그들에게 경고하는 몸짓을 취했습니다. 다행히도 너무 늦지 않게 내가 그때까지 잊고 있던 위험을 떠올리고는 타임머신의 막대 너머로 손을 뻗어 기계를 작동시키는 작은 레버들을 돌려서 빼내 호주머니에 넣었습니다. 그러고는 다시 돌아서서 어떻게 하면 그들과 의사소통을 할 수 있을까 생각했습니다.

그러면서 그들의 얼굴 생김새를 더 면밀하게 살펴보니 그들의 드레스덴 도자기*처럼 예쁘장한 얼굴에는 몇 가지 특징이 있더군요. 하나같이 곱슬곱슬한 그들의 머리카락은 목과 뺨이 닿는 지점에서 싹둑 잘려 있었어요. 얼굴에는 아주 가느다란 솜털 하나 없었고, 귀는 기묘할 정도로 정말 작았습니다. 작은 입에 입술은 새빨갛고 다소 얇았으며, 작은 턱은 끝이 뾰족했지요.

---

* 드레스덴은 도자기 산업으로 유명한 독일의 도시로, '드레스덴 도자기'란 정교하고 아름다운 도자기를 일컫는다.

눈은 크고 온화했습니다. 그리고 내가 자기중심적으로 보일 수도 있겠지만, 그들의 눈빛에는 내가 기대했던 나에 대한 관심의 빛이 별로 어려 있지 않은 것 같았습니다.

그들은 나와 의사소통해 보려고 노력하지도 않고 그저 내 주위에 빙 둘러선 채 빙긋 웃으며 달콤하게 속삭이는 듯한 부드러운 음색으로 자기네들끼리 말을 주고받고 있었어요. 그래서 내가 먼저 의사소통을 시도해 봤죠. 나는 타임머신과 나 자신을 가리켰어요. 그런 뒤 시간을 어떻게 표현해야 할지 몰라 잠깐 머뭇거리다가 태양을 가리켰지요. 곧바로 자주색과 흰색 체크무늬 옷을 입은 묘하게 예쁜 조그만 사람이 내 몸짓을 따라하더니 천둥소리를 흉내 내어 나를 깜짝 놀라게 했습니다.

나는 그자가 취한 몸짓의 의미를 분명히 알았지만 잠시 움찔했습니다. 마음속에 불쑥 이런 의문이 떠오르더군요. '이자들은 바보가 아닐까?' 어떻게 내게 그런 의문이 들었는지는 여러분이 이해하기 무척 어려울지도 모릅니다. 그러니까, 난 예전부터 늘 팔십만 이천 년경의 사람들은 지식이나 예술을 비롯한 모든 면에서 우리보다 믿을 수 없을 만큼 앞서 있을 것이라고 예상해 왔었어요. 그런데 그자들 가운데 한 명이 우리 시대의 다섯 살짜리 아이의 지적 수준에서나 나올 법한 질문을 불쑥 해 온 것입니다. 실제로 그가 뭐라고 물었냐면, 글쎄 나더러 천둥번개를 타고 태양에서 왔느냐고 묻지 뭡니까! 그로 인해 나는 그들의 옷차림과 연약하고 호리호리한 팔다리, 섬세한 얼굴 생김새를 처음 보았을 때 유예해 두었던 판단을 확정 짓게 되었습니다. 마음속으로 실망감이 거침없이 밀려들었어요. 한순간 타임머신을 괜히 만들었다는 생각도 들었지요.

나는 그렇다는 뜻으로 고개를 끄덕이며 태양을 가리키고는 그들이 깜짝 놀랄 만큼 아주 생생하게 우르르 쾅쾅 하는 천둥소리를 냈습니다. 그들은 모두 한두 발짝 물러서더니 허리를 굽히며 인사했습니다. 그런 뒤 그중 한 사람이 소리 내어 웃으며 생전 처음 보는 아름다운 꽃들로 엮은 화환을 들고 다가와 내 목에 걸어 주었습니다. 그 발상에 음악같이 아름다운 박수갈채가 쏟아지더군요. 그러고는 곧바로 다들 이리저리 뛰어다니며 꽃을 꺾어서는 소리 내어 웃으며 내게 휙휙 내던지는 바람에 급기야 나는 꽃에 파묻히다시피 했습니다. 여러분은 그와 같은 꽃을 전혀 본 적이 없을 테니 무수한 세월 동안의 배양을 통해 얼마나 곱고 멋진 꽃이 만들어졌는지 상상할 수 없을 겁니다. 그러다가 누군가 자신들의 노리개를 가장 가까운 건물 안에 전시하자고 제안했고, 그리하여 나는 그들에게 이끌려 하얀 대리석으로 된 스핑크스 조각상을 지나 돌림무늬 장식의 거대한 회색 석조 건물 쪽으로 향했습니다. 그러는 내내 스핑크스상은 미소 지으며 깜짝 놀란 나를 지켜보는 것 같았지요. 그들과 함께 걸어가면서 나는 우리의 후세가 대단히 의젓하고 지적일 것이라고 확신에 차 예상했던 기억이 떠올라 참지 못하고 웃음이 터져 나오려 했습니다.

건물은 입구도 거대했고 규모도 엄청났습니다. 나는 점점 더 수가 늘어나는 작은 사람들과 내 앞에 그림자처럼 신비롭게 입을 딱 벌리고 있는 커다란 정문에 자연스레 마음을 빼앗겼습니다. 그들의 머리 너머로 보이는 그 세계에서 내가 받은 전반적인 인상은 아름다운 덤불과 꽃들이 뒤얽힌 황야, 오랫동안 방치되었지만 아직 잡초가 생기지 않은 정원 같다는 것이었습니다. 키 큰 수상꽃차례* 모양의 낯선 하얀 꽃들이 무수히 많이 피어 있는 게 보였는데, 밀랍처럼 하얀 꽃잎을 펼치면 너비가 30센티미터쯤 될 것 같더군요. 그 꽃들은 여러 가지 색깔의 관목들 사이에서 마치 야생화처럼 흩어져 자라고 있었어요. 그때는 그 꽃들을 자세히 살펴보지 않았었지요. 타임머신은 진달래 덤불 사이의 잔디밭에 그대로 내버려져 있었습니다.

입구의 아치는 화려하게 조각되어 있었지만, 당연히 나는 그 조각을 아주 면밀히 관찰하지는 않았습니다. 그래도 그곳을 지나갈 때 그 조각이 고대 페니키아의 장식 같으며 아주 심하게 부서지고 비바람에 상해 있다는 생각은 들더군요. 더 화사하게 차려입은 사람들 몇 명이 입구에서 나를 맞이했고, 그렇게 우리는 안으로 들어갔습니다. 19세기의 우중충한 옷차림에 꽤 기괴해 보이는 모습으로 화환까지 두른 나는 음악처럼 계속되는 웃음소리와 즐거운 듯한 말소리가 들리는 한가운데에서 밝고 고운 색상의 옷들과 반짝이는 하얀 팔다리들의 거대한 소용돌이에 둘러

---

* 한 개의 긴 꽃대 둘레에 여러 개의 꽃이 이삭 모양으로 피는 것.

싸였습니다.

커다란 입구를 지나니 그에 걸맞게 거대한 갈색 커튼이 걸린 홀이 나왔습니다. 천장은 어두웠고, 색유리가 끼워진 창도 있고 끼워지지 않은 창도 있어서 창문으로는 한결 부드러워진 빛이 들어오고 있었어요. 바닥에는 아주 단단하고 하얀 금속으로 된 커다란 블록들이 깔려 있었습니다. 석판도 널판도 아닌 금속 블록으로 된 바닥은 굉장히 많이 닳아 있었는데, 내가 판단하기로는 지난 여러 세대에 걸쳐 수많은 사람들이 오고갔기 때문인 것 같았습니다. 왕래가 더 빈번한 길을 따라 깊은 홈이 파여 있었거든요. 연마한 석판으로 만든 탁자들이 홀을 길게 가로질러 무수히 놓여 있었습니다. 높이가 30센티미터쯤 되어 보이는 탁자들에는 과일이 수북이 쌓여 있었지요. 그 가운데는 비대한 나무딸기와 오렌지의 일종으로 보이는 과일도 있었지만, 대부분은 처음 보는 과일이었습니다.

탁자들 사이에는 방석들이 여기저기 많이 흩어져 있더군요. 나를 이끌고 온 자들이 방석에 앉더니 나에게 자기들과 똑같이 하라는 몸짓을 했습니다. 그들은 격식 따위는 차리지 않고 손으로 과일을 집어 먹기 시작했습니다. 과일 껍질과 줄기 같은 것들은 탁자 측면에 나 있는 둥근 구멍에 던져 넣더군요. 목도 마르고 배도 고팠기 때문에 나는 아무런 거리낌 없이 그들이 본을 보여 주는 대로 따라했습니다. 과일을 먹으면서 나는 느긋하게 그곳을 둘러보았지요.

내게 가장 강한 인상을 남긴 것은 다 허물어져 가는 그곳의 모습이었습니다. 기하학적 무늬로 되어 있는 스테인드글라스 유리창들은 곳곳이 깨져 있었고 하단에 드리워진 커튼에는 먼지가 잔뜩 끼어 있었습니다. 그리고 가까이에 있는 대리석 탁자의 깨진 모서리가 내 눈길을 끌었지요. 그럼에도 불구하고 전반적인 느낌은 극도로 화려하고 그림같이 아름다웠습니다. 2백 명쯤 되는 사람들이 홀에서 식사를 하고 있었는데, 그들 대부분은 최대한 나와 가까이에 앉아서 자신들이 먹고 있는 과일 너머로 작은 눈을 반짝거리며 흥미롭게 나를 지켜보고 있었지요. 모두가 똑같이 부드럽지만 튼튼한 비단 같은 천으로 된 옷을 입고 있었어요.

말이 나왔으니 말인데, 과일이 그들 식사의 전부였습니다. 먼미래를 사는 그 사람들은 엄격한 채식주의자들이어서, 내가 그들과 함께 있는 동안에는 육식에 대한 욕구가 일어도 나 또한 늘과일만 먹어야 했지요. 나중에 알게 되었는데, 실은 말과 소 그리고 양과 개도 익티오사우루스*처럼 멸종된 상태더군요. 하지만 과일은 정말 마음에 들었어요. 특히 내가 머물던 내내 제철인것 같았던 한 과일—세모꼴 껍질 속에 가루 같은 속살이 든 과일—은 유난히 맛있어서, 나는 그 과일을 주식으로 삼았습니다. 처음에는 생전 처음 보는 그 모든 과일들과 내가 본 낯선 꽃들에 당황했지만 나중에는 그것들의 중요성을 점차 깨닫게 되었습니

---

* 중생대 쥐라기에 바다에서 살았던 돌고래와 생김새가 비슷한 파충류.

다.

　아무튼 나는 지금 여러분에게 내가 먼 미래에서 과일로 식사를 했다는 이야기를 하고 있습니다. 식욕이 조금 채워지자마자 나는 이 새로운 사람들의 언어를 배워 보기로 굳게 결심했습니다. 분명 그것이야말로 내가 다음으로 해야 할 일이었지요. 과일로 시작하는 게 좋을 것 같아서 과일 하나를 집어 들고 잇달아 물어보는 듯한 소리를 내고는 몸짓을 하기 시작했습니다. 나는 내 뜻을 전달하는 데 상당히 애를 먹었습니다. 처음에는 내가 그렇게 애를 써도 그들은 그저 놀란 눈으로 빤히 응시하거나 억누를 수 없는 웃음을 터트리더군요. 하지만 이내 금발의 작은 사람이 내 의도를 알아차리고 어떤 명칭을 반복해서 말했습니다. 그들은 그 일에 대해 장황하게 얘기를 나누고 서로에게 설명해 줘야 했습니다. 그리고 내가 그들 언어의 정교하고 작은 음을 내보려고 시도하자 엄청나게 즐거워했지요. 그렇지만 나는 아이들에게 둘러싸인 교사가 된 기분이 들더군요. 계속해서 시도한 끝에 이윽고 나는 적어도 스무 개의 명사를 구사할 수 있게 되었습니다. 그런 뒤에는 지시 대명사와 '먹다'라는 동사까지 익혔습니다. 하지만 그건 더딘 작업이었고, 그 작은 사람들은 이내 싫증을 내며 나의 질문에서 벗어나고 싶어 해서, 나는 어쩔 수 없이 그들이 내킬 때 조금씩 배워야겠다고 생각했습니다. 그리고 오래지 않아 나는 그것도 아주 조금씩밖에 배울 수 없단 사실을 알게 되었어요. 정말 그토록 게으르고 그토록 쉽게 지치는 사람들은 생전 처음 봤다니까요.

얼마 안 가 내가 발견한 그곳 주인인 작은 사람들의 기묘한 점은 바로 그들이 흥미를 쉽게 잃는다는 것이었습니다. 그들은 어린아이처럼 놀라서 열렬히 소리를 질러 대며 내게 다가오지만, 또 어린아이처럼 금방 나를 살펴보던 걸 멈추고는 다른 장난감을 찾아 훌쩍 자리를 뜨고는 했습니다. 그 식사와 첫 대화 시도가 끝나고 나서야 비로소 나는 처음 나를 에워쌌던 사람들이 거의 다 가 버렸다는 사실을 깨달았어요. 기묘하게도 나 또한 굉장히 빠르게 그 작은 사람들을 등한시하게 되었습니다. 나는 허기가 채워지자마자 입구를 통해 다시 햇빛이 비치는 세상으로 나갔습니다. 나는 계속해서 더 많은 미래의 사람들과 마주쳤는데, 그들은 조금 거리를 두고 나를 따라오면서 나에 대해 속닥거리고 까르르 웃다가 다정하게 미소를 짓고 손을 흔들어 준 뒤에 나를 혼자 내버려 두고 가고는 했습니다.

커다란 홀에서 밖으로 나오니 저녁의 평온함이 세상을 덮고 따뜻한 석양빛이 풍경을 비추고 있었습니다. 처음에는 모든 상황이 무척 혼란스러웠습니다. 모든 것이 내가 알던 세상과 전적으로 달랐으니까요. 심지어는 꽃까지도 말이지요. 내가 방금 나온 그 큰 건물은 넓은 강 유역 비탈에 자리하고 있었습니다. 아마도 템스 강은 지금의 위치에서 1킬로미터 넘게 움직인 것 같더군요. 나는 2킬로미터쯤 떨어진 언덕 꼭대기에 올라가 보기로 했습니다. 그곳에서는 서기 802701년에 처한 우리의 이 행성을 더 넓게 내다볼 수 있을 테니까요. 내가 연도를 그렇게 말한 이유를 설명하자면, 그것이 내 타임머신의 작은 계기판에 표시된 연도였기 때문입니다.

나는 걸어가면서 주위를 유심히 살폈습니다. 내가 발견한 세계가 화려하지만 폐허 같은 상태가 되어 버린 이유를 설명해 줄 만한 흔적이 뭐든 있을까 해서 말이지요. 그 세계는 정말 폐허와 다름없었습니다. 예를 들면, 언덕을 조금 오르자 수북한 화강암 무더기가 알루미늄 덩어리로 묶여 있었고, 깎아지른 듯한 벽과 허물어진 더미가 거대한 미로를 이루고 있었습니다. 그리고 그 한복판에는 아주 아름다운 탑처럼 생긴 식물들이 빽빽이 들어차 있더군요. 그 식물은 쐐기풀 같아 보였지만 잎 테두리가 멋지게 갈색빛을 띠었고 가시가 나 있지 않았습니다. 아무래도 그 무더기는 분명 어떤 거대한 구조물의 버려진 잔해 같았는데, 무슨 목적으로 지어진 구조물이었는지는 알 수 없었습니다. 훗날 나는 이곳에서 정말 놀라운 경험을 하게 될 운명이었습니다. 그리고 그 경험은 지금 생각해도 기묘한 발견의 복선이었지요. 이 일에 대해서는 적절한 때에 다시 이야기하도록 하지요.

층이 진 땅에 앉아 잠시 쉬는데 문득 어떤 생각이 떠올라 주위를 둘러보니, 작은 집들이 보이지 않았습니다. 보아하니 개개의 집은 물론이고 어쩌면 가정까지도 사라져 버린 모양이었습니다. 여기저기 푸른 초목들 사이로 궁전 같은 건물들이 있었지만, 우리 영국만이 갖는 풍경의 특색을 이루는 주택이나 시골집은 사라지고 없었습니다.

'공산주의 사회인가.' 나는 마음속으로 생각했습니다.

그런 생각 뒤에 곧바로 다른 생각이 떠올랐지요. 나는 나를 따라오고 있는 대여섯 명의 작은 사람들을 바라보았습니다. 바로 그 즉시, 나는 그들 모두가 똑같은 형태의 옷을 입고, 똑같이 부드럽고 털 없는 얼굴에, 똑같이 여자애처럼 통통한 팔다리를 하고 있다는 사실을 알아차렸습니다. 진작 알아채지 못한 것을 이상하게 여길지도 모르겠군요. 하지만 모든 것이 무척 이상한 곳이었기에 그제야 나는 그 사실을 확실히 알게 되었던 것입니다. 지금 우리 시대 사람들은 의복을 보고 그리고 성격이나 몸가짐의 온갖 다른 점들을 보고 남녀 간의 성별을 구별 짓기 마련이지만, 미래의 그 사람들은 모든 게 다 비슷했습니다. 또한 어린이들은 내 눈에 그저 부모의 축소판으로 보일 뿐이었습니다. 그때 나는 그 시대의 아이들이 적어도 육체적으로는 굉장히 조숙한 것 같다고 판단했는데, 후에 수많은 증거들이 내 판단이 옳았음을 입증해 주었지요.

그 사람들이 누리고 있는 안락과 안전을 고려하면, 이렇게 흡사해진 남녀의 모습은 결국 누구나 예상할 수 있는 일이라는 생각이 들었습니다. 남자의 힘과 여자의 부드러움, 가족 제도나 직업 차별 같은 것은 물리적 힘이 지배하는 호전적인 시대에나 필요할 뿐이니까요. 인구가 균형 잡히고 또 많은 곳에서는 다산이 국가에 축복이라기보다 오히려 해가 되는 법입니다. 폭력이 극히 드물고 자식이 안전한 곳에서는 효율적인 가족에 대한 필요성이 줄어들고 —아니, 사실 필요성이 전혀 없어지지요.— 아이의 양육과 관련한 남녀 간의 역할 분담이 사라지게 되는 법이지요. 지금 우리 시대에서도 이런 현상이 시작된 걸 볼 수 있지만 그 미래 시대에서는 이런 현상이 완성되어 있었습니다. 여러분께 상기시켜 드리자면, 어디까지나 이건 그 당시 내가 한 추측에 불과했습니다. 나는 나중에서야 이 생각이 얼마나 현실과 동떨어진 추측이었는지 깨닫게 되었어요.

이런 생각에 잠겨 있는 동안, 아주 작은 구조물 하나가 시선을 끌었습니다. 위로 둥근 지붕이 있는 우물 같더군요. 나는 순간적으로 우물이 아직도 존재하다니 뜻밖이라고 생각하고는 다시 하던 생각을 계속 이어 나갔습니다. 언덕 꼭대기 쪽으로는 큰 건물이 없는 데다 나의 걸음이 빨랐던 덕택에 얼마 지나지 않아 나는 처음으로 혼자 있게 되었습니다. 해방감과 모험심이 뒤섞인 묘한 기분을 안은 채 언덕 꼭대기를 향해 계속 올라갔습니다.

언덕 꼭대기에는 내가 알지 못하는 어떤 노란색 금속으로 된 의자가 하나 있었습니다. 의자는 부식되어 곳곳에 분홍색을 띤 녹이 슬었고, 부드러운 이끼로 반쯤 덮여 있었으며, 팔걸이는 그리핀*의 머리와 닮은 모양으로 주조되어 매끄럽게 다듬어져 있었지요. 나는 의자에 앉아 긴 하루를 마감하는 석양 아래로 펼쳐진 우리의 예스러운 세계를 넓게 조망했습니다. 그렇게 감미

---

* 머리는 독수리, 몸통은 사자인 신화 속 상상의 동물.

롭고 아름다운 경치는 한 번도 본 적이 없었습니다. 해는 이미 지평선 아래로 지고 서쪽 하늘은 금빛으로 타오르는 가운데 자줏빛과 진홍빛 가로 줄무늬가 여럿 드리워져 있었지요. 저 아래로 템스 강 유역이 보였는데, 템스 강은 반들거리는 강철 띠처럼 펼쳐져 있었어요. 앞서 말한 형형색색의 초목들 사이로 여기저기 흩어진 커다란 궁전 중 몇몇 궁전은 폐허가 되어 있었고, 몇몇 궁전은 아직 사람이 살고 있었습니다. 지상의 버려진 정원에는 하얀색이나 은색 조각상들이 여기저기 서 있었고, 둥근 지붕 위의 뾰족탑과 방첨탑의 날카로운 수직선도 여기저기 솟아 있었습니다. 산울타리도, 소유권을 나타내는 표지도, 농사를 짓는 흔적도 없었고, 땅 전체가 정원이 되어 있었습니다.

그렇게 저 아래의 세상을 바라보면서 나는 지금까지 본 것들에 대해 내 나름의 해석을 내리기 시작했습니다. 그리고 그날 저녁 내 머릿속에서 구체화된 해석은 다음과 같습니다. (나중에 알고 보니 나는 절반의 진실을, 아니 진실의 일면을 언뜻 보았을 뿐이었지요.)

내 생각에 나는 종말로 접어든 인류를 만나게 된 것 같았습니다. 불그스레하게 저물고 있는 태양을 보니 인류도 저물고 있단 생각이 들더군요. 우리가 현재 기울이고 있는 사회적 노력이 기묘한 결과를 낳았다는 사실을 처음으로 깨닫게 되었습니다. 생각을 거듭할수록 그건 충분히 논리적인 귀결이었어요. 힘은 필요의 소산이고, 안전은 약함을 조장하기 마련이지요. 삶의 여건을 개선하는 작업이 ─삶을 한결 안전하게 만드는 참된 문명화의 과정이─ 꾸준히 계속되어 극에 달해 있었습니다. 결속된 인류가 자연에게 한 번 승리를 거둔 뒤 계속해서 승리를 거둬 온 것입니다. 지금은 단지 꿈에 불과한 일들이 계획을 통해 신중히 착수되고 추진되었던 것입니다. 그리고 그 수확물을 그 순간 내가 보고 있었던 것이지요!

어쨌든 오늘날의 공중위생과 농업은 아직도 가장 기초적인 단계에 있습니다. 우리 시대의 과학은 인간의 질병 중 작은 부분만을 공격해 왔을 뿐입니다. 하지만 그렇다 할지라도 과학은 아주 꾸준하고 지속적으로 그 활동 영역을 넓혀 가고 있습니다. 우리의 농업과 원예는 여기저기에서 잡초를 없애고 스무 종 남짓의 유익한 식물을 재배하고 있을 뿐, 더 많은 식물들은 그냥 알아서 끝까지 힘껏 싸워 균형을 이루며 자생해 나가도록 내버려 두고 있지요. 우리는 그 수가 극히 적기는 하지만 우리가 선호하는 식물과 동물을 선택 교배*를 통해 점차 개량해 나가고 있습니다. 그래서 현재 더 맛있는 신종 복숭아라든가 씨 없는 포도, 더 향기롭고 큰 꽃, 더 우수한 품종의 소 같은 것들이 나오게 되었지요. 우리의 이상이 모호하고 불확실한 데다 우리의 지식도 무척 부족하기 때문에 그리고 자연도 우리의 서툰 솜씨 앞에서 미적거리며 더디게 반응하기 때문에 우리는 이러한 것들을 점진적으로 개량하고 있습니다. 언젠가는 이 모든 과정들이 훨씬 더

─────────────────

* 특정 형질을 골라서 하는 교배.

체계적으로 조직되고 좋아질 겁니다. 비주류의 흐름이 있기는 하지만 이것이 일반적인 흐름입니다. 전 세계 사람들이 지성과 학식을 갖추고 협력하게 될 것입니다. 만사는 자연을 정복하는 방향으로 점점 더 빠르게 나아갈 것입니다. 결국 우리는 현명하고 조심스럽게 우리 인간의 필요에 맞게 동물과 식물의 균형을 다시 조정하게 될 것입니다.

그곳에서는 그런 조정이 이루어진 것이, 그것도 성공적으로 이루어진 것이 분명해 보였습니다. 나의 타임머신이 시공간을 뛰어넘는 내내 그런 조정이 이루어진 게 정말 틀림없었어요. 공중에는 모기가 없고, 땅에는 잡초나 균류가 없었습니다. 어디에나 과일과 향기롭고 아름다운 꽃이 가득했고, 화려한 나비들이 여기저기 날아다녔습니다. 예방 의학의 이상이 실현되어 질병이 박멸되어 있었습니다. 그곳에 머무는 동안 나는 어떤 전염병의 징후도 보지 못했습니다. 그리고 나중에 말하겠지만 부패와 부식 과정조차도 이런 변화에 깊이 영향을 받아 있었습니다.

사회적 승리까지도 이뤄 냈더군요. 인류는 아주 멋진 거처에 살면서 화려하게 차려입은 채 힘든 일이라고는 전혀 하지 않았습니다. 사회적 투쟁이건 경제적 투쟁이건 투쟁의 흔적도 전혀 없었습니다. 지금 우리 세계의 몸통을 이루는 상점이나 광고, 장사와 같은 모든 상업이 사라져 있었습니다. 그 황금빛 저녁에 그곳이 바로 사회적 낙원이라는 생각은 당연한 것이었지요. 인구 증가라는 난제도 해결되었는지 인구도 이제 더 이상 증가하지 않는 것 같았습니다.

하지만 그렇게 환경이 변화하면 필연적으로 그 변화에 적응하기 마련입니다. 생물학이 오류투성이가 아니라고 가정할 때, 인간의 지력과 활력의 근원은 무엇일까요? 고난과 자유일 겁니다. 그런 환경 아래에서는 활동적이고 강하고 명석한 자들이 살아남고 약한 자들은 궁지에 몰리게 됩니다. 그런 환경은 유능한 사람들의 충실한 동맹, 자제, 인내 그리고 결단을 장려하기 마련이지요. 가족 제도와 거기에서 생겨나는 감정들, 격렬한 질투, 자식에 대한 애정, 부모의 헌신 같은 것은 모두 아이들이 절박한 위험에 처했을 경우에 정당화되고 지지를 받습니다. 자, 그런데 말입니다. 절박한 위험은 과연 어디에서 비롯될까요? 부부 사이의 질투에 대한 반감, 지독한 모성애에 대한 반감, 온갖 종류의 격정에 대한 반감은 이미 일어나고 있고 앞으로 더욱 커질 것입니다. 그런 감정들은 이제 불필요한 것들로, 우리를 불편하고 야만적인 생존자로 만들면서, 세련되고 쾌적한 삶에 불협화음만 일으킬 뿐이지요.

미래 사람들의 연약한 육체와 떨어지는 지능 그리고 곳곳에 있는 거대한 폐허들을 떠올리자 나는 인류가 자연을 완전히 정복했다는 믿음을 굳히게 되었습니다. 전쟁 뒤에는 평화가 찾아오는 법이니까요. 과거 인류는 강하고 활기차고 총명했으며, 자신들이 살아가는 환경을 바꾸기 위해 모든 활력을 쏟아부었습니다. 그런데 이제 바뀐 환경에 대한 반작용이 일어나 있었습니다.

완벽하게 안락하고 안전한 새로운 환경 아래에서 현재 우리가 지닌 강점인 넘치는 활력은 약점이 됐을 겁니다. 우리 시대에서조차도 한때 생존에 필요했던 어떤 성향이나 욕망이 확고한 실패의 근원이 되는 것처럼 말이지요. 예를 들어, 육체적 용기와 호전적인 성향은 문명인에게는 별로 도움이 되지 않습니다. 사실 오히려 방해가 될 수 있지요. 그리고 물리적 균형을 이루고 안전한 상태에서는 육체적 힘뿐만 아니라 지적인 힘까지도 필요 없게 되었을 것입니다. 내가 판단하기로는 무수한 세월 동안 전쟁이나 개별적 폭력의 위험도, 야생 동물로부터의 위험도, 강한 체력을 필요로 하는 소모성 질병도, 고된 일을 할 필요도 없었던 것 같았습니다. 그런 삶에서는 우리가 약자라고 부르는 사람들도 강자만큼이나 유리하며, 사실 더 이상 약하지도 않습니다. 실은 그들이 더 유리합니다. 강자는 넘치는 활력을 배출할 수 없어서 괴로울 테니까 말이지요. 내가 본 더할 나위 없이 아름다운 건물들은 인류가 살아가는 환경과 완벽한 조화를 이루기 전 마지막으로 그 순간의 무익한 활력을 다 쏟아부은 결과물, 즉 궁극적인 평화의 위대한 시작을 알리는 화려한 승전 기념품인 게 분명했습니다. 안전한 사회에서는 이것이 바로 활력의 운명인데, 활력은 예술로, 에로티시즘으로 향하다가 점점 약해지고 쇠퇴하기 마련이지요.

예술적 충동조차도 마침내는 사라지고 마는 것입니다. 그리고 내가 본 바로 그 시대에 예술적 충동은 거의 모두 사라져 있었어요. 꽃으로 치장하고 춤추고 햇살 속에서 노래하는 것, 그만큼이 그들에게 남은 예술 정신의 전부일 뿐 그 이상은 없었습니다. 그마저도 결국에는 점점 쇠약해지다가 별 불만 없이 하지 않게 되겠지요. 현재 우리는 고통과 궁핍의 숫돌에 계속 날카롭게 갈리고 있습니다. 그런데 그곳에서는 그 지긋지긋한 숫돌이 마침내 부서진 것 같더군요!

어둠이 짙어지는 가운데 그곳에 서서 나는 이 간단한 설명으로 그 세계에 대한 의문을 풀었다고, 아름다운 그곳 사람들의 비밀을 전부 파악했다고 생각했습니다. 아마도 그들이 인구 증가를 막기 위해 고안해 낸 억제책이 완전히 성공을 거둔 모양인지 인구수는 변동이 없다기보다 오히려 줄어 있었습니다. 그 때문에 버려진 폐허들이 많았겠지요. 나의 설명은 아주 단순했지만 충분히 그럴듯했습니다. 잘못된 이론들이 대부분 그렇듯이 말이지요!

5

그곳에 선 채 너무나도 완벽한 인류의 승리에 대한 생각에 빠져 있는 동안, 보름달에 가까워지고 있는 노란 달이 북동쪽 하늘을 가득 채운 은빛 사이로 떠올랐습니다. 환한 색깔의 옷을 입고 저 아래쪽에서 돌아다니던 작은 사람들도 이제는 보이지 않았고, 올빼미 한 마리가 소리 없이 휙 날아갔습니다. 나는 밤의 냉기에 몸이 떨렸습니다. 그래서 이제 그만 내려가서 잠잘 만한 곳을 찾아보기로 했지요.

나는 내가 아는 그 건물부터 눈으로 찾았습니다. 그런 다음 시선을 청동 받침대 위의 하얀 스핑크스 조각상 쪽으로 옮겼지요. 떠오르는 달빛이 점점 밝아지면서 조각상도 점점 또렷이 보이더군요. 조각상 옆 은빛 자작나무도 보였습니다. 뒤얽힌 진달래 덤불이 으슴푸레한 달빛 속에서 까맣게 보였고, 작은 잔디밭도 보였습니다. 나는 잔디밭을 다시 한 번 바라보았습니다. 기분 나쁜 의심이 들며 나의 평온한 만족감은 확 깨져 버렸습니다. "아니야. 저건 아까 그 잔디밭이 아니야." 나는 단호하게 혼잣말을 했습니다.

하지만 그건 바로 그 잔디밭이 맞았습니다. 스핑크스상의 나병에 걸린 것 같은 하얀 얼굴이 그쪽을 향하고 있는 것을 보니 틀림없었습니다. 이런 확신이 가슴에 뼈저리게 와 닿았을 때 내 기분이 어땠을지 여러분은 상상할 수 있겠습니까? 아마 절대 못할 겁니다. 타임머신이 사라져 버린 거였어요!

나 자신의 시대로 영영 돌아가지 못하고 이 낯설고 새로운 세상에 속수무책으로 남겨질지도 모른다는 생각이 얼굴을 채찍으로 후려갈기듯 퍼뜩 떠오르더군요. 그 생각만으로도 실제로 몸에 반응이 왔습니다. 목덜미가 움켜잡히고 숨통이 막히는 기분이 들었지요. 다음 순간 나는 두려움에 사로잡혀 언덕 비탈을 껑충껑충 뛰면서 한달음에 달려 내려갔습니다. 한 번 곤두박질치는 바람에 얼굴을 다쳤지만 지혈하는 데 시간을 허비할 수 없어서 벌떡 일어나 뺨과 턱에 따뜻한 핏방울이 흘러내리는 채로 그냥 계속 내달렸습니다. 달리는 내내 속으로 '그냥 살짝 옮겨 놓은 걸 거야. 걸리적거리지 않게 덤불 아래로 밀쳐놓았을 거야.'라고 중얼거렸습니다. 그러면서도 온 힘을 다해 달렸습니다. 때로는 지나친 공포에 휩싸이면서도 아주 확실히, 그렇게 단언하는 건 어리석은 짓이라는 것을, 타임머신이 내 손이 닿지 않는 곳으로 치워졌다는 것을 본능적으로 알았습니다. 숨이 차서 고통스러웠습니다. 언덕 꼭대기에서 작은 잔디밭까지 3킬로미터도 넘는 거리를 10분 만에 주파했던 것 같아요. 게다가 난 젊지도 않은데 말입니다. 달리면서 뭘 믿고 그렇게 어리석게 타임머신을 내버려 뒀는지 모르겠다고 나 자신을 탓하며 큰 소리로 욕을 퍼부었습니다. 그 바람에 괜히 숨만 더 허비하게 되었지만요. 나는 크게 울부짖었고, 아무도 대꾸하는 사람은 없었습니다. 그 달빛 세상에서는 어떤 생명체도 움직이고 있지 않은 것 같았어요.

잔디밭에 도착하니 최악의 우려가 현실이 되어 있었습니다. 타임머신이 흔적도 없이 사라져 버렸더군요. 뒤엉킨 까만 덤불 사이의 텅 빈 공간을 맞닥뜨리자 나는 눈앞이 아찔하며 오싹 한기가 들었습니다. 타임머신이 어디 구석에 숨겨져 있기라도 한 것처럼 나는 미친 듯이 그 주위를 뛰어다니다가 갑자기 멈춰 서서 두 손으로 머리를 와락 움켜잡았습니다. 청동 받침대 위의 스핑크스가 떠오르는 달빛 속에서 나병에 걸린 양 하얗게 빛나며 내 위로 우뚝 솟아 있었습니다. 꼭 어쩔 줄 모르는 내 모습을 비웃고 있는 것처럼 보였지요.

그 작은 사람들이 나를 위해 타임머신을 어딘가 안전한 곳에 들여놓았을 수 있다는 생각으로 스스로를 달랠 수 있었을지도 모르지만, 나는 그들이 몸도 약하고 지능도 떨어진다는 사실을 너무나도 잘 알고 있었습니다. 바로 그 사실 때문에 나는 경악했습니다. 내가 그때까지 미처 생각지도 못한 뜻밖의 어떤 능력을 그들이 갖고 있는데, 그 능력이 개입되어 내 발명품이 사라져 버렸을지도 모른다는 생각이 들었던 것입니다. 그래도 나는 한 가지만큼은 확신했습니다. 어떤 다른 시대에서 내 타임머신과 정확히 똑같은 복제품이 만들어진 것이 아니라면, 타임머신이 시간 속으로 이동하지는 못했으리라는 확신이었지요. 레버라는 부속품을 빼 놓으면 ―나중에 그 방법을 보여 주겠습니다.― 아무도 타임머신을 조작할 수 없게 됩니다. 그러니 내 타임머신은 오직 공간 속에서만 이동되어 숨겨진 것이었습니다. 그렇지만 과연 그 장소가 어디일까요?

나는 일종의 광란 상태에 빠져 있었던 게 분명해요. 스핑크스 주위의 달빛이 비치는 덤불숲을 들락거리며 맹렬히 뛰어다녔던 기억이 나는군요. 그러다가 어떤 하얀색 동물을 깜짝 놀라게 했는데, 어슴푸레한 달빛 속에서 나는 그것이 작은 사슴이라고 생각했었지요. 그날 밤 늦은 시각, 주먹을 꽉 움켜쥐고 덤불을 치다가 부러진 잔가지에 손가락 마디를 깊이 베여 피가 난 것도 기억납니다. 그런 뒤 나는 마음이 괴로운 나머지 흐느껴 울고 미친 듯이 악을 쓰며 낮에 가 보았던 거대한 석조 건물로 갔습니다. 커다란 홀은 어둡고 조용하고 텅 비어 있었습니다. 나는 울퉁불퉁한 바닥에서 미끄러지면서 공작석 탁자 가운데 하나에 걸려 넘어지는 바람에 하마터면 정강이가 부러질 뻔했습니다. 나는 성냥을 켜고 계속 나아가 앞서 여러분께 이야기한 바 있는 먼지투성이 커튼을 지났습니다.

그러자 방석으로 뒤덮인 또 다른 커다란 홀이 나왔는데, 방석 위에는 스무 명쯤 되는 작은 사람들이 잠을 자고 있었습니다. 알아듣지 못하는 소리를 외치며 타닥거리는 불꽃이 이는 성냥불을 들고서 조용한 어둠 속에서 내가 불쑥 재등장했으니 그들이 아주 이상하게 여겼을 게 분명합니다. 그들에게 있어 성냥이란 이미 잊혀 모르는 물건이었으니까요. "내 타임머신 어디 있어?" 나는 소리를 지르며 그들을 붙잡고 마구 흔들어 댔습니다. 그들에게는 틀림없이 아주 기묘해 보였겠지요. 깔깔거리고 웃는 사람도 몇 있었지만 대부분은 심하게 겁에 질린 표정이더군요. 그들이 나를 둘러싸고 서 있는 것을 보자 나는 내가 그 상황에서 할 수 있는 가장 어리석은 짓을 해서 그들로부터 공포심이라는 감정을 되살려 내려 하고 있다는 생각이 들었습니다. 낮에 했던 그들의 행동으로 미루어 보아 그들은 공포심을 잊어버린 게 분명했는데 말입니다.

갑자기 나는 성냥불을 내던지고 앞길을 가로막고 서 있는 한 사람을 넘어뜨리고는 다시 커다란 식사용 홀을 비틀거리며 가로질러 바깥의 달빛 아래로 나왔습니다. 공포에 질린 비명 소리와 그들의 작은 발이 이리저리 뛰어다니고 넘어지는 소리가 들리더군요. 나는 그날 밤 달이 하늘 높이 서서히 올라가고 있는 동안 내가 한 일 전부를 기억하지는 못합니다. 예기치 않게 타임머신을 잃게 되자 나는 미쳐 버렸던 것 같아요. 나는 나와 같은 시대의 사람들과 어쩔 도리 없이 단절되어 미지의 세계에 남겨진 이상한 동물이 된 기분이었습니다. 나는 괴성을 지르고 하느님과 운명의 여신에게 하소연하기도 하면서 미친 듯이 악을 쓰며 이리저리 돌아다닌 게 분명했습니다. 내가 기억하는 건 절망의 긴 밤이 서서히 지나자 지독하게 피로했다는 것과 달빛 비치는 폐허 사이를 손으로 더듬다가 까만 그림자 속에서 낯선 생명체를 건드렸다는 것 그리고 마침내 스핑크스 주변 땅바닥에 누워 완전히 비참한 마음에 슬피 울었다는 것입니다. 내게 비참함 말고 남은 것은 없었습니다. 그러다가 잠이 들었고 다시 깨어났을 때는 날이 훤히 밝아 있었습니다. 참새 한 쌍이 팔을 뻗으면 닿는 거리에서 내 주위의 잔디밭을 폴짝폴짝 뛰어다니고 있었습니다.

나는 상쾌한 아침 공기 속에 일어나 앉아 내가 어떻게 해서 그곳에 있고 왜 그토록 심하게 버림받은 느낌과 깊은 절망감이 드는지 기억해 내려고 애썼습니다. 그러자 어찌된 상황인지 선명하게 떠올랐습니다. 나는 밝은 햇살 속에서 명료하고 이성적으로 내가 처한 상황을 똑바로 직시할 수 있었습니다. 간밤에 광란 상태에서 저지른 난폭하고 어리석은 짓을 깨닫고는 혼자 이치를 따져 가며 중얼거렸습니다. "최악의 경우를 생각해 보자. 타임머신이 완전히 사라졌다고, 어쩌면 파괴되었다고 가정한다면? 그럼 나는 침착하고 인내심을 발휘해 이곳 사람들의 방식을 배우고, 타임머신이 어떻게 사라졌는지 알아내고 그리고 재료와 연장을 구할 방법을 찾아야 마땅해. 그러면 결국에는 타임머신을 새로 만들 수 있을 거야." 내게는 그게 유일한 희망 같았습니다. 가련한 희망일지 모르지만 절망보다는 나았지요. 또 어쨌든 그곳은 아름답고 신기한 세계이기도 했고요.

그런데 어쩌면 타임머신은 그냥 다른 곳으로 치워진 것일지도 몰랐습니다. 그렇다고 할지라도 나는 침착함과 인내심을 발휘해 타임머신이 숨겨진 장소를 찾아낸 다음 힘을 써서든 꾀를 써서든 되찾아야 했습니다. 그렇게 생각한 나는 벌떡 일어나 어디 씻을 만한 곳이 없나 주위를 둘러봤습니다. 온몸이 뻐근하고 피곤했으며 여행으로 꾀죄죄해진 기분이었습니다. 상쾌한 아침 공기를 쐬니 나 또한 상쾌한 기분이 되고 싶었습니다. 나는 감정을 다 소진한 상태였습니다. 사실, 나는 일에 착수하면서 지난밤 내가 왜 그렇게 지나치게 흥분했는지 의아했습니다. 나는 원래 타임머신이 놓여 있던 작은 잔디밭 주위의 땅을 주의 깊게 살폈습니다. 그곳을 지나가는 작은 사람들에게 질문을 했지만 헛되이 시간만 낭비했지요. 이런저런 몸짓으로 내 나름대로 최선을 다해 질문을 전하려고 해도 다들 내 몸짓을 이해하지 못했습니다. 몇몇은 아주 무신경했고, 몇몇은 장난치는 줄 알고 깔깔 웃더군요. 그들의 예쁘장한 웃는 면상에 주먹을 날리고 싶은 충동을 꾹 참느라 정말 힘들었지요. 그건 바보 같은 충동이었지만, 공포와 맹목적인 분노를 초래한 악마가 잡히지 않고 남아서 아직도 나의 당혹감을 간절히 이용하고 싶어 했습니다. 그들보다는 잔디밭 쪽이 더 도움이 되었습니다. 잔디가 뜯겨 나가듯 길게 파인 홈 하나를 찾았는데, 내가 그곳에 도착해서 뒤집힌 타임 머신과 씨름을 할 때 찍힌 내 발자국과 스핑크스 받침대의 중간 쯤이었습니다. 그 주위로 나무늘보가 냈을 법한 기묘하고 좁다 란 발자국과 함께 타임머신을 치운 다른 흔적들도 있었습니다. 그로 인해 나는 스핑크스 받침대를 더 세심하게 살펴보게 됐습 니다. 앞서 말했듯 그 받침대는 청동으로 된 것이었습니다. 그 런데 그것은 단순한 청동 덩어리가 아니라 깊게 틀을 짜 넣은 판 으로 양 측면을 고급스럽게 장식한 것이었습니다. 나는 다가가 서 청동 판을 두드려 보았습니다. 받침대는 속이 비어 있었습니 다. 주의 깊게 청동 판을 살펴보니 판은 틀과 붙어 있지 않았습 니다. 손잡이도 열쇠 구멍도 없었지만 혹시라도 그 청동 판이 문 이라면 안쪽에서 열게 되어 있을 것 같았습니다. 내가 생각하기 에 한 가지는 아주 확실했습니다. 별로 머리를 쓰지 않고도 타임 머신이 그 받침대 안에 있다고 추론할 수 있었습니다. 하지만 그 게 어떻게 거기에 들어가게 됐는지는 다른 문제였지요.

오렌지색 옷을 입은 두 사람의 머리가 덤불에서 나오더니 꽃 으로 뒤덮인 사과나무 아래를 지나 내 쪽으로 오는 게 보였습니 다. 나는 그들에게 미소를 지어 보이며 내게 오라고 손짓했습니 다. 그들이 오자 나는 청동 받침대를 가리키며 그걸 열고 싶다는 바람을 전하려고 했습니다. 하지만 나의 첫 번째 몸짓에 그들은 아주 이상하게 굴었습니다. 그들의 표정을 여러분에게 어떻게 전달해야 할지 모르겠군요. 여러분이 마음 여린 여인에게 상스럽게도 부적절한 몸짓을 했다고 가정했을 때, 그 여인이 지었을 법한 표정 같았다고나 할까요. 그들은 마치 있을 수도 없는 최악의 모욕을 받은 양 쌩하니 가버렸습니다. 그다음에는 하얀 옷을 입은 상냥하게 생긴 작은 친구에게 똑같은 몸짓을 해 보았지만 결과는 마찬가지였습니다. 웬일인지 그 친구의 태도에 나는 수치심을 느꼈습니다. 하지만 여러분도 알다시피 나는 타임머신을 찾아야 했으므로 그 친구에게 한 번 더 똑같은 몸짓을 해 보았습니다. 그가 다른 두 사람처럼 휙 돌아서자 결국 못 참고 내 성질이 나오고 말았지요. 세 걸음 만에 그를 따라잡아 목 주위의 느슨한 옷자락을 잡고는 스핑크스 쪽으로 질질 끌고 오기 시작했습니다. 그런데 바로 그때 나는 그의 얼굴에 떠오른 공포와 혐오감을 보았고, 곧바로 그를 놓아 주었습니다.

하지만 나는 쉽게 물러서지 않았습니다. 나는 주먹으로 청동 판을 탕탕 쳤습니다. 안에서 무슨 소리가 난 것 같았어요. 분명 낄낄 웃는 듯한 소리 같았습니다. 하지만 내가 잘못 들은 게 분명했지요. 그런 뒤에는 강에서 커다란 자갈 하나를 주워 와서는 고리 모양 장식이 납작해지고 푸른 녹이 가루로 부서져 떨어질 때까지 청동 판을 쾅쾅 두드렸습니다. 내가 돌발적으로 세게 두드려 대는 소리가 사방 1킬로미터 이내에 있는 예민하기 짝이 없는 그 작은 사람들에게 틀림없이 들렸을 텐데도 아무런 반응이 없었습니다. 그들 한 무리가 비탈에서 나를 몰래 훔쳐보고 있는 게 보였습니다. 마침내 너무 덥고 지친 나는 털썩 주저앉아 그곳을 지켜봤습니다. 하지만 워낙 가만히 있지 못하는 성격인지라 오래 지켜보지는 못했습니다. 오랫동안 감시하기에 나는 너무나도 전형적인 서양인이었으니까요. 나는 한 문제를 놓고 수년간 연구할 수는 있지만 24시간 동안 움직이지 않고 기다리는 건 못 합니다. 그건 전혀 다른 문제이지요.

잠시 후 나는 일어나서 덤불숲을 지나 다시 언덕 쪽을 향해 정처 없이 걸어가며 나 자신에게 중얼거렸습니다.

"인내심을 가져. 타임머신을 되찾고 싶다면 저 스핑크스는 그냥 내버려 둬야 해. 저들이 타임머신을 빼앗을 작정이라면 네가 청동 판을 부숴 봤자 소용없어. 저들이 그러지 않을 작정이라면 네가 요구할 수 있을 때 요구만 하면 금방 돌려받을 수 있을 거야. 모든 미지의 것들에 둘러싸인 채 저런 수수께끼 앞에 앉아 있어 봤자 가망 없다고. 그런 건 편집광이나 하는 짓이야. 이 세계를 직시해. 이 세계의 방식을 배우고, 주시하고, 이 세계의 의미를 너무 성급하게 추측하지 않도록 주의해. 그러면 결국 넌 모든 것에 대한 단서를 찾게 될 거야."

그러다가 문득 그 상황이 참 웃기다는 생각이 들더군요. 미래로 들어오려고 여러 해 동안 연구하고 노고를 아끼지 않았는데, 이제는 미래에서 벗어나려고 열망하다니 말이지요. 사람이 여태껏 고안한 것 중 가장 복잡하고 절망적인 덫을 내 손으로 만들었던 것입니다. 그 덫에 내가 희생되고 말았지만 어쩔 도리가 없었습니다. 나는 크게 소리 내어 웃었습니다.

다시 그 커다란 궁전으로 들어가자 그 작은 사람들이 나를 피하는 것 같았습니다. 그냥 내가 그런 기분이 들었을 수도 있고 아니면 내가 청동문을 두드린 것과 관계가 있었을 수도 있어요. 아무튼 그들이 나를 피한다는 확신이 웬만큼 들더군요. 하지만 나는 관심을 보이지 않고 그들 뒤를 쫓는 일도 삼가려고 조심했습니다. 그렇게 하루 이틀이 지나자 그들과의 관계는 예전으로 돌아갔습니다. 나는 그들의 언어를 익히는 데서도 상당한 진전을 이뤘고, 여기저기 열심히 탐험을 다니기도 했습니다. 내가 미묘한 점을 놓쳤는지 그들의 언어가 지나치게 단순한지는 몰라도 그들의 언어는 거의 전적으로 구체적인 명사와 동사로만 이루어져 있더군요. 추상적인 단어는 있다 하더라도 극소수에 지나지 않았고, 비유적인 표현은 거의 사용하지 않는 것 같았어요. 문장은 대개 두 단어로 이루어진 단문이었고, 나는 간단한 의사를 전달하거나 이해하는 것밖에 할 수 없었습니다. 타임머신과 스핑크스 조각상 밑 청동문에 얽힌 수수께끼에 대한 생각은 내가 점점 더 많은 지식을 얻게 되어 자연스럽게 다시 그리로 돌아가게 될 때까지 가능한 한 기억 한구석에 밀쳐 두기로 했습니다. 하지만 여러분도 이해하리라 보는데, 형용할 수 없는 어떤 느낌이 내가 도착한 지점에서 사방 몇 킬로미터 반경 안에 나를 묶어 두었습니다.

내가 볼 수 있는 범위 내에서 온 세상은 템스 강 유역과 똑같이 넘치는 풍요로움을 드러내고 있었습니다. 어떤 언덕을 올라

가든 재질과 양식 면에서 다채로운, 수많은 웅장한 건물들과 군락을 이룬 상록수 숲들 그리고 꽃이 만발한 나무들과 나무고사리들이 똑같이 내다보이더군요. 여기저기 물결이 은빛으로 반짝이고, 그 너머로는 물결이 굽이치듯 파란 언덕이 솟아올라 점점 청명한 하늘 속으로 사라졌습니다. 이내 특이한 것이 내 주의를 끌었는데, 무척 깊어 보이는 몇 개의 둥근 우물들이었습니다. 하나는 내가 처음 산책할 때 걸어갔던, 언덕 위로 올라가는 오솔길 옆에 있었습니다. 다른 우물들과 마찬가지로 그 우물도 기묘하게 단련된 청동으로 테를 두르고 빗물이 들어오지 못하도록 작고 둥근 지붕으로 덮여 있었습니다. 그 우물들 옆에 앉아 우물 속 깊은 어둠을 내려다봤지만 어슴푸레한 물빛도 보이지 않았고 성냥을 켜도 물그림자 하나 비치지 않았습니다. 하지만 어느 우물에서건 모두 어떤 소리가 들렸습니다. 쿵, 쿵, 쿵. 뭔가 커다란 엔진이 돌아가는 소리 같았어요. 그리고 성냥불의 너울거리는 불꽃을 보고 우물 아래로 공기가 꾸준히 흘러들고 있다는 것을 알 수 있었습니다. 뿐만 아니라, 우물 속으로 종잇조각을 하나 던져 봤더니 천천히 펄럭이며 내려가지 않고 휙 빨려 들어가 순식간에 시야에서 사라져 버리더군요.

시간이 조금 지나자 나는 그 우물들을 비탈 여기저기에 서 있는 높은 탑들과 관련지어 생각하게 되었습니다. 더운 날 태양에 달궈진 해변 위에서 볼 수 있는 그런 아지랑이 같은 것이 그 탑들 위 공기 중에서도 자주 보였기 때문이지요. 상황을 종합해서 보니, 지하에 대규모 환기 장치가 있다고 확신하기에 이르렀지만, 그 장치가 왜 있는지는 상상하기 어려웠습니다. 처음에는 그 장치를 그곳 사람들의 위생 시설과 연관 지어 생각하게 되더군요. 그건 누가 생각해도 확실한 결론이었지만 동시에 완전히 틀린 결론이었지요.

그리고 이쯤에서 인정해야 할 것 같은데, 나는 실제 미래 세계에서 머무는 동안 하수 시설이나 알림 장치, 운송 수단과 그 비슷한 편의 시설에 대해 거의 배우지 못했습니다. 내가 읽은 유토피아나 다가올 미래를 그린 환상적인 몇몇 이야기에는 건물이나 사회 제도 같은 것들에 대해 아주 상세히 나와 있더군요. 하지만 그런 상세한 내용은 그 세계 전체가 한 사람의 상상력으로 만들어졌을 때나 쉽게 묘사할 수 있는 것이지 실제로 미래에 갔다 온 나 같은 진짜 시간 여행자에게는 전혀 쉽지 않은 일입니다. 중앙아프리카에서 갓 도착한 흑인이 자신의 부족에게로 돌아가 런던의 이야기를 들려준다고 상상해 보세요! 그 흑인이 철도 회사나 사회 운동, 전화와 전선, 소포배달회사나 우편환 같은 것들에 대해 뭘 알겠습니까? 그래도 최소한 우리는 그 흑인에게 이런 것들에 대해 기꺼이 설명해 주려고 하겠지요. 하지만 그렇게 해서 그 흑인이 이런 것들을 알게 된다고 해도 런던을 여행하지 않은 자신의 친구들을 얼마나 이해시키고 믿게 할 수 있을까요? 그렇다면 우리 시대의 흑인과 백인 사이의 간극이 얼마나 좁은지 그리고 나 자신과 미래의 그 황금시대를 사는 사람들 사이의 간격은 얼마나 넓은지 생각해 보세요! 나는 보이지는 않지만 내가 안락하게 지내는 데 도움이 되는 것들이 많다는 사실을 지각할 수 있었습니다. 하지만 자동화된 체제를 갖추고 있다는 전반적인 느낌을 받았다는 것 말고는 유감스럽게도 여러분에게 우리 세계와의 차이점을 거의 전달할 수가 없군요.

매장과 관련해서 예를 들어 본다면, 나는 화장터의 어떤 흔적도, 무덤을 암시하는 어떤 것도 보지 못했습니다. 하지만 아마도 내가 탐험하지 않은 곳 어딘가에 공동묘지나 화장터가 있을지 모른다는 생각이 들더군요. 다시금 혼자 그 문제에 대해 골똘히 생각해 봤는데, 처음에는 내 호기심을 만족시켜 줄 만한 답이 전혀 나오지 않았습니다. 그 문제로 혼란스러운 상태에서 주목할 만한 사실을 추가로 인지하게 되자 혼란스러움만 한층 더 가중되었지요. 바로 그곳 사람들 가운데는 늙고 병약한 사람이 없다는 사실이었습니다.

자동화된 문명과 쇠퇴해 가는 인류라는 내 첫 이론에 대한 만족감은 그리 오래가지 않았다고 고백해야겠군요. 하지만 다른 이론은 생각해 낼 수가 없었습니다. 어떤 어려운 점들이 있었는지 말할게요. 내가 둘러본 거대한 여러 궁전들은 그저 거처이자 커다란 식당이자 침실에 불과했습니다. 어떤 종류의 기계도, 어떤 종류의 기구도 보이지 않았어요. 그런데도 그곳 사람들은 언젠가 때가 되면 새 것으로 바꾸어 입어야 할, 좋은 천으로 된 옷을 입고 있었지요. 그리고 그들의 샌들은 장식은 없지만 꽤 복잡한 금속 세공품이었습니다. 어쨌든 그런 것들은 만들어져야 하는 것들입니다. 그런데 그 작은 사람들은 창의적 성향을 털끝만큼도 보이지 않았습니다. 상점도 작업장도 없고 수입을 해 오는 것 같지도 않았어요. 그들은 하루 종일 조용히 놀거나 강에서 멱을 감거나 반쯤은 장난치듯 사랑을 나누거나 과일을 먹거나 잠을 자거나 하면서 시간을 보내더군요. 어떻게 그런 생활이 계속 유지될 수 있는지 나로서는 도무지 알 수가 없었어요.

그럼 다시 타임머신 이야기로 돌아가지요. 정체를 알 수 없는 뭔가가 타임머신을 하얀 스핑크스 조각상의 속이 빈 받침대 안으로 옮겨 놓았습니다. 도대체 왜 그랬을까요? 아무리 해도 나는 그 이유를 짐작조차 할 수 없었습니다. 물 없는 우물도 아지랑이가 피어오르는 탑도 마찬가지였습니다. 단서가 부족해 보였습니다. 그때의 내 기분을 어떻게 설명하면 좋을까요? 가령 여러분이 비문을 하나 발견했다고 칩시다. 그 비문 여기저기에는 뛰어나고 쉬운 영어로 된 문장들도 있지만, 그 사이사이 여러분이 전혀 모르는 낱말이나 글자로 이루어진 다른 문장들이 끼어 있을 때의 기분이라고 하면 될까요? 음, 그것이 바로 내가 그곳에 도착한 지 사흘째 되는 날, 서기 802701년의 세상이 내게 선사한 기분이었지요!

그날은 친구도 한 명 사귀었습니다. 아니, 친구 비슷한 것이라고 해야겠군요. 우연히 내가 얕은 여울에서 멱을 감는 작은 사람들 몇몇을 보고 있을 때, 그들 가운데 하나가 다리에 쥐가 나서 하류로 떠내려가기 시작했습니다. 본류는 물살이 다소 빨랐지만 웬만큼 수영을 할 줄 아는 사람에게 그리 센 편은 아니었습니다. 그러니 어느 누구도 힘없이 울부짖으며 눈앞에서 물에 빠져 죽어 가고 있는 그 작은 사람을 구하려는 최소한의 시도도 하지 않았다고 여러분에게 말한다면, 여러분도 그 사람들에게 이상한 결함이 있다는 사실을 알아차릴 수 있을 겁니다. 그 사실을 알아차리자 나는 급히 옷을 벗어던지고, 물살을 헤치며 조금 더 낮은 지점으로 걸어간 다음, 그 불쌍한 작은 사람을 잡아서 안전하게 뭍으로 끌어냈습니다. 팔다리를 조금 문지르자 곧 그녀가 의식을 되찾았고 나는 그녀가 무사한 것을 보고 안심하며 그곳을 떠났습니다. 나는 그곳 사람들을 얕잡아 보고 있었으므로 그녀에게서 감사 인사를 받으리라고는 전혀 기대하지 않았지요. 하지만 그 점에 있어서 내 생각은 틀렸더군요.

그 일은 아침에 일어났습니다. 오후에 탐험을 마치고 본거지로 돌아가는 길에 나는 내가 구해 준 것으로 보이는 작은 여인과 마주쳤습니다. 그러자 그녀는 환성을 지르며 내게 커다란 화환을 주었습니다. 분명 나를 위해, 오직 나만을 위해 만든 화환 같았습니다. 그러자 나는 마음이 뭉클해졌습니다. 아마도 내가 많이 쓸쓸했던 모양입니다. 어쨌든 나는 그 선물에 대한 감사의 마음을 전하기 위해 최선을 다했습니다. 우리는 곧 돌로 된 작은 정자에 함께 앉아 대화를 나누었는데, 미소가 주를 이루는 대화였지요. 꼭 어린아이의 호의에 반응하듯 그 여인의 호의에 내 마음이 움직였습니다. 우리는 서로 꽃을 주고받았고 그녀가 내 손에 입을 맞췄습니다. 나도 그녀의 손에 입을 맞췄습니다. 나는 대화를 시도했고 그녀의 이름이 위나라는 것을 알게 되었지요. 위나가 무슨 뜻인지는 지금도 모르지만, 어쩐지 그녀에게 아주 잘 어울리는 이름 같더군요. 그것이 바로 일주일간 지속되다 끝나 버린 묘한 우정의 시작이었습니다. 그 이야기는 나중에 하기로 하지요!

위나는 꼭 어린애 같았습니다. 언제나 나와 함께 있고 싶어 했어요. 어디든 나를 따라오려고 했고, 내가 그다음 탐험을 위해 밖으로 나가 이리저리 살피며 돌아다녔을 때는 나를 쫓아 나섰다가 지쳐서 꼼짝을 못 하게 되는 바람에 결국 나는 그녀를 놔두고 혼자 가야 했습니다. 기진맥진한 상태로 뒤에서 나를 무척 애처롭게 불러 대는 그녀의 목소리에 나는 마음이 아팠습니다. 하지만 나는 그 세계의 문제들을 파악해야 했습니다. 소소하게 연애질이나 하자고 미래에 온 게 아니야, 혼잣말을 하며 마음을 다잡곤 했습니다. 하지만 내가 그녀를 남겨 두고 떠날 때마다 그녀의 괴로움은 무척 컸고, 헤어질 때 매달리며 애원하는 모습이 때로는 미친 사람 같았습니다. 전체적으로 보면, 나는 그녀의 뜨거운 사랑에서 위안을 얻는 것만큼이나 무척 곤란하기도 했던 것 같아요. 그럼에도 불구하고 위나는 왠지 내게 아주 커다란 위로가 되어 주었습니다. 나는 그녀가 내게 매달리는 건 그저 어린애 같은 애착 때문일 뿐이라고 치부했어요. 너무 늦게서야 알게 되었지만, 그때 나는 내가 그녀를 떼놓고 갈 때마다 그녀에게 어떤 고통을 안겼는지 미처 몰랐습니다. 역시 너무 늦게서야 깨닫게 되었지만, 그때 나는 그녀가 내게 어떤 존재인지조차 미처 알아차리지 못했지요. 그냥 보기에 나를 좋아하는 것 같았고, 나에 대한 호감을 서투르고 시시하게 보여줬을 뿐인데, 이내 그 작은 인형 같은 존재는 내가 하얀 스핑크스 조각상 근처로 돌아갈 때 거의 집으로 돌아온 것 같은 기분이 들게 했습니다. 그리하여 나는 언덕을 넘자마자 흰색과 금색 옷을 입은 그녀의 자그마한 모습부터 찾곤 하였습니다.

또한 위나를 통해 공포심이 아직 그 세계에서 사라지지 않았다는 사실도 알게 되었습니다. 그녀는 낮 동안은 전혀 두려움이 없었고 정말 이상하리만치 나를 신뢰했습니다. 한번은 내가 순간적으로 분별없이 그녀에게 험악하게 얼굴을 찌푸렸는데도 그녀는 그냥 깔깔대고 웃기만 했다니까요. 하지만 위나는 어두운 것과, 그림자와, 검은 것들을 무서워했습니다. 어둠은 그녀가 유일하게 두려워하는 것이었습니다. 그것은 기묘할 정도로 격렬한 감정이었기에 나는 그것에 대해 곰곰이 생각도 하고 주의도 기울였습니다. 그러다가 알게 된 사실 중 하나는 그 작은 사람들이 해가 진 뒤에는 커다란 저택들로 모여들어서 떼를 지어 잔다는 것이었습니다. 불을 들지 않고 그들이 있는 곳으로 들어가면 두려움에 사로잡혀 한바탕 소동이 일었습니다. 해가 진 뒤에는 집 밖으로 나오는 사람도 전혀 없었고, 실내에서 혼자 자는 사람도 없었습니다. 하지만 나는 여전히 심한 얼간이였던지라 그런 두려움에서 교훈을 얻지 못하고, 위나가 불안해하는데도 잠자는 사람들의 무리와 떨어져 자겠다고 고집했습니다.

위나는 그것 때문에 대단히 괴로워했지만, 결국 나에 대한 그녀의 이상한 애정이 승리를 거둬, 마지막 밤까지 포함해 우리가 알게 된 날 가운데 다섯 밤을 내 팔을 베고 잤습니다. 위나 이야기를 하느라 이야기가 옆으로 샜군요. 내가 새벽녘에 잠에서 깬 건 위나를 구하기 전날 밤이었을 겁니다. 나는 잠 못 이루고 뒤척이다가 아주 불쾌한 꿈을 꾸었습니다. 물에 빠져 죽은 내 얼굴을 말미잘이 부드러운 촉수로 더듬고 있었지요. 나는 깜짝 놀라 잠에서 깼고, 그 순간 어떤 잿빛 동물이 좁은 공간에서 막 뛰쳐나가는 것 같은 기묘한 환상을 보았습니다. 나는 다시 잠들려고 했지만 마음이 어수선하고 불편했어요. 만물이 어둠 속에서 막 기어 나오고, 모든 것이 색채가 없고 윤곽이 뚜렷하지만 비현실적으로 보이는 어스레한 잿빛 시간이었습니다. 나는 일어나서 커다란 홀을 지나 바깥의 궁전 앞 판석이 깔린 곳으로 나갔습니다. 어차피 잠들기는 글렀으니 그냥 해돋이나 볼 생각이었지요.

달은 지고 있었고, 저물어 가는 달빛과 첫새벽의 창백한 빛이 유령처럼 어슴푸레한 빛 속에서 한데 어우러져 있었습니다. 덤불은 칠흑같이 새까맣고 땅은 칙칙한 잿빛이고 하늘은 무색으로 을씨년스러웠습니다. 그리고 언덕 위로 유령들이 보이는 것 같았습니다. 따로따로 세 번에 걸쳐 언덕 비탈을 훑어보는데 하얀 형체들이 보였습니다. 두 번은 유인원 같은 하얀 동물이 혼자 꽤 빠르게 언덕을 뛰어올라 가는 것 같았고, 한 번은 폐허 근처에서 유인원 같은 하얀 동물 셋이 조를 이뤄 뭔가 시커먼 물체를 나르고 있는 것 같았습니다. 그들은 급하게 움직였습니다. 그들이 어디로 갔는지는 보지 못했지만 덤불 속으로 사라진 것 같았습니다. 여명이 아직 흐릿했다는 사실을 말해야겠군요. 나는 여러분도 알 법한 이른 아침의 오싹하고 불안정한 기분을 느끼고 있었습니다. 나는 내 눈을 의심했습니다.

동녘 하늘이 점점 밝아 오면서 햇빛이 비춰 세상에 다시 한 번 선명한 색상이 돌아오자, 나는 언덕을 열심히 훑어보았습니다. 하지만 하얀 형체들은 흔적도 보이지 않았습니다. 그들은 그저 어슴푸레한 빛이 만들어 낸 환영일 뿐이었습니다. "틀림없이 유령이었을 거야. 그런데 어느 시대의 유령일까?" 나는 중얼거렸습니다. 그랜트 앨런*의 별난 생각이 떠올라 기분이 즐거워졌어요. 각 세대가 죽어 유령으로 남는다면 세상은 결국 유령으로 넘쳐 날 거라고 그는 주장한 바 있었습니다. 그 이론대로라면 지금으로부터 약 80만 년 뒤에는 유령이 셀 수 없을 정도로 늘어나 있을 테니 한 번에 유령 넷을 본대도 별로 놀랄 일이 아니었지요. 하지만 그런 농담으로는 성에 차지 않았던 나는 오전 내내 그 형체들에 대해 생각했습니다. 위나를 구해 내고 나서야 비

* Grant Allen(1848~1899). 영국의 소설가이자 수필가 겸 사회 개혁가로, 웰스의 친구이다.

로소 그것들을 머릿속에서 몰아낼 수 있었어요. 나는 그 형체들을 처음 타임머신을 열심히 찾으러 다닐 적에 나를 깜짝 놀라게 했던 하얀 동물과 막연히 연관 지어 생각했었습니다. 하지만 위나가 그 형체들의 자리를 대신해 기분 좋게 채웠습니다. 그러나 그 형체들은 머지않아 내 마음을 훨씬 더 치명적으로 사로잡을 운명이었습니다.

그 황금시대의 날씨가 지금 우리 시대보다 훨씬 덥다고는 이미 말한 것 같군요. 그 이유는 나도 설명할 수 없습니다. 태양이 더 뜨겁거나 지구가 태양과 더 가까워져서 그런 것일지도 모르죠. 보통은 태양이 앞으로 계속 꾸준히 식어 갈 것이라고 추측하지요. 하지만 다윈의 아들*의 주장과 같은 추론을 잘 모르는 사람들은 행성들이 궁극적으로는 하나하나씩 그 모체로 되돌아오기 마련이라는 사실을 잊어버립니다. 이런 파국이 일어난다면 태양은 새로워진 에너지로 활활 타오르겠지요. 아마 지구형 행성**은 이와 같은 운명을 맞게 될지도 모릅니다. 그 이유가 무엇이든, 우리가 아는 지금의 태양보다 그곳의 태양이 훨씬 더 뜨겁다는 건 변하지 않는 사실이었습니다.

그런데 아주 무더운 어느 날 아침 ―그곳에서 네 번째로 맞은

---

* 〈진화론〉을 주장한 찰스 다윈의 아들이자 저명한 천문학자인 조지 하워드 다윈(1845~1912)을 말한다. 지구와 달 사이의 거리는 '조석 마찰'의 영향을 받으며, 달은 지구에서 떨어져 나간 것으로 지구에서 최대한 멀어진 뒤 다시 가까워진다는 이론을 펼쳤다.
** 구성 물질이 지구와 비슷한 행성. 태양계에서는 수성, 금성, 화성이 지구형 행성에 해당한다.

아침이었던 것 같아요.— 내가 먹고 자는 커다란 집 근처의 거대한 폐허에서 열기와 눈부신 햇빛을 피할 곳을 찾고 있을 때 기이한 일이 일어났습니다. 무너진 돌무더기 위를 기어오르다가 발견한 좁은 통로는 그 끝과 옆에 있는 창문들이 무너져 내린 돌덩이들로 막혀 있었습니다. 바깥의 눈부신 빛과 대조를 이뤄, 처음 보았을 때 그곳은 한치 앞도 보이지 않는 칠흑 같은 어둠이 내려앉아 있는 것 같았습니다. 밝은 곳에 있다 갑자기 어두운 곳으로 들어서자, 눈앞에 빙빙 도는 색색의 점들이 보였기 때문에 나는 손으로 더듬어 가며 그곳으로 들어섰습니다. 순간 나는 넋을 잃은 사람처럼 멈춰 섰습니다. 바깥의 햇빛을 반사해 빛나는 두 눈이 어둠 속에서 나를 지켜보고 있었습니다.

야수를 두려워하는 오랜 본능이 엄습했습니다. 나는 두 주먹을 불끈 쥐고 번쩍이는 눈알을 뚫어져라 쳐다봤습니다. 돌아서기가 두렵더군요. 그 순간 문득 그곳에서는 인류가 절대적으로 안전하게 살아가고 있는 것 같다는 생각이 떠올랐습니다. 그런 뒤에는 그들이 어둠을 이상하리만치 두려워하던 것도 기억났습니다. 어느 정도 두려움을 극복한 나는 한 발 앞으로 다가서며 말을 걸었습니다. 내 목소리가 거칠고 마음대로 조절되지 않았단 걸 인정해야겠군요. 손을 뻗자 뭔가 부드러운 게 닿았습니다. 그러자 바로 그 두 눈이 옆으로 휙 움직이더니 뭔가 하얀 게 내 옆을 후다닥 지나갔습니다. 혼비백산하며 돌아섰더니 유인원처럼 생긴 작고 기묘한 형체가 고개를 특이하게 숙이고는 내 뒤의 햇빛 비치는 공간을 가로질러 뛰어가고 있더군요. 그 형체는 화강암 덩어리에 부딪치자 비틀거리며 옆으로 비켜서서는 또 다른 무너진 돌무더기 밑의 검은 그늘 속으로 순식간에 모습을 감췄습니다.

물론 그것에 대해 내가 받은 인상은 완전치 못합니다. 하지만 칙칙한 흰색이었고, 기묘하고 커다란 잿빛 띤 붉은 눈동자를 지니고 있었으며, 또 머리와 등에 담황색 털이 나 있었단 것만은 분명합니다. 그렇지만 이미 말했듯이 그것이 너무나 빨라서 나는 그것을 분명히 보지는 못했습니다. 그것이 네 발로 달려갔는지 아니면 그저 아래팔을 아주 낮게 내리고 두 발로 달려갔는지도 알지 못합니다. 나는 순간적으로 멈췄다가 그것을 따라 두 번째 폐허 더미 속으로 들어갔습니다. 처음에는 그것을 찾을 수 없었습니다. 하지만 잠시 뒤 깊은 어둠 속에서 앞서 여러분에게 말한 바 있는 둥근 우물의 구멍으로 보이는 것을 발견했습니다. 그 구멍은 쓰러진 기둥에 반쯤 가려져 있었지요. 문득 이런 생각이 들더군요. '그놈이 이 우물 속으로 사라진 게 아닐까?' 성냥을 켜고 우물 속을 내려다봤더니 작고 하얀 뭔가가 커다랗고 빛나는 두 눈을 내게서 떼지 않은 채 아래로 달아나고 있었습니다. 그 모습에 나는 온몸에 오싹 전율이 일었습니다. 놈은 흡사 인간 거미 같았어요! 놈은 우물 벽을 타고 내려가고 있었습니다. 나는 그제야 처음으로 우물 벽면에 달려 우물을 내려가는 일종의 사다리 역할을 하는 수많은 금속 발판과 손잡이를 보았습니다. 바로 그때 타들어 가던 성냥불에 손가락을 데며 성냥불을 놓치는 바람에 성냥불이 아래로 떨어져 꺼졌습니다. 다시 성냥을 켰을 때 그 작은 괴물은 사라져 버리고 없더군요.

내가 얼마나 오랫동안 그 우물 안을 들여다보며 앉아 있었는지 모르겠습니다. 한동안은 내가 본 그 동물이 인간이란 걸 믿을 수 없었습니다. 하지만 점점 진실을 깨닫게 되었습니다. 인간은 한 가지 종으로 남지 않고 별개의 두 가지 종으로 분화되었다는 것을, 지상 세계의 우아한 나의 후손들이 우리 세대의 유일한 후손이 아니라, 내 앞을 휙 지나간, 그 표백한 것 같고 역겨운 야행성 동물 또한 모든 세대의 후손이라는 것을 말입니다.

나는 아지랑이가 피어오르는 탑들과 지하의 환기 장치에 대해 생각해 보았습니다. 나는 그 탑들의 진짜 목적을 의심하기 시작했습니다. 그리고 '그 여우원숭이*들은 미래의 완벽하게 균형 잡힌 조직 체계 안에서 어떤 역할을 하고 있을까? 나태하고 평온한 생활을 하는 아름다운 지상 세계의 사람들과 어떻게 관련되어 있을까? 그리고 저 아래 우물 바닥에는 무엇이 숨겨져 있을까?' 하는 의문도 들었습니다. 나는 우물가에 걸터앉아 "아무튼 두려워할 건 없어. 문제 해결을 위해 내가 직접 내려가 봐야겠어."라고 중얼거렸습니다. 그래도 막상 내려가려니 굉장히 무서웠지요! 내가 망설이고 있는데, 아름다운 지상 세계 사람 둘이 연애 놀이를 하며 햇빛을 가로질러 그늘 속으로 뛰어 들어왔습

---

* 'Lemur(여우원숭이)'란 단어는 '죽은 자의 혼령'을 뜻하기도 한다.

84

니다. 남자가 여자를 뒤쫓아 꽃을 던지며 달려 들어온 것이었어요.

쓰러진 기둥에 한 팔을 기댄 채 우물 속을 내려다보고 있는 나를 발견하자 그 둘은 난처한 표정을 지었습니다. 아무래도 그 구멍에 대한 언급이 금기시되어 있는 모양이었습니다. 내가 우물을 가리키며 그들의 언어로 우물에 대한 질문을 준비하려고 하자, 그 둘이 훨씬 더 눈에 띄게 난처해하며 돌아서 버린 걸 보면 말이지요. 하지만 내 성냥에는 흥미를 보이는 것 같아서 나는 성냥을 몇 개비 켜서 그들을 즐겁게 해 주었습니다. 나는 다시 그들에게 우물에 대한 질문을 하려고 시도해 봤지만 또 실패하고 말았습니다. 그래서 이내 그들을 남겨 두고 그곳을 떠났습니다. 위나에게 돌아가서 그녀에게 물어볼 작정이었죠. 하지만 내 마음속에서는 이미 격변이 일어나고 있었습니다. 여러 추측들과 생각들이 밀려들어 새롭게 수정되었지요. 나는 이제 우물들의 목적과 환기용 탑들 그리고 그 유령들의 수수께끼에 대한 단서를 찾았습니다. 청동문의 의미와 타임머신의 운명에 대한 실마리를 얻은 건 말할 것도 없었고요! 그리고 나를 어리둥절하게 만들었던 경제 문제에 대한 해답도 아주 흐릿하게나마 얻었습니다.

나의 새로운 견해는 이러합니다. 인류의 그 두 번째 종은 지하에서 사는 사람들이 분명했습니다. 특히 그들이 지상에 드물게 나타나는 것은 오랫동안 지하에 살다 생긴 습성 때문이라고 생각하게 만든 세 가지 정황이 있었습니다. 첫째로, 주로 어둠 속에서 사는 대부분의 동물들에게서 흔한, 표백한 것처럼 하얀 겉모습입니다. 예를 들면 켄터키 동굴 속 하얀 물고기가 그렇지요. 둘째로, 빛을 반사하는 능력을 지닌 그 커다란 눈은 야행성 동물의 공통적인 특징입니다. 그건 올빼미와 고양이를 보면 잘 알 수 있어요. 마지막으로, 햇빛 속에서 눈에 띄게 당혹스러워한 점, 부리나케 하지만 어설프고 서투르게 검은 그늘 속으로 도주한 점 그리고 햇빛 속에 있는 내내 고개를 특이하게 숙였던 점, 이 모두가 그들의 망막이 극도로 민감하다는 이론을 뒷받침해 주었습니다.

그렇다면 내 발밑 땅속에는 틀림없이 터널들이 엄청나게 뚫려 있고, 그 터널들은 그 새로운 종의 서식지일 터였습니다. 언덕 비탈을 따라 환기용 탑들과 우물들이 있는 것을 보면 —사실, 강 유역을 제외하고는 도처에 있었습니다.— 가지를 치듯 뻗어나간 터널이 얼마나 널리 퍼져 있는지를 알 수 있었습니다. 그러므로 지상 햇빛 종족의 안락한 생활을 위해 필요한 작업이 이루어지는 곳이 바로 그 인공적인 지하 세계라고 추정하는 것만큼 자연스러운 일이 어디 있겠습니까? 워낙 그럴 듯했기에 나는 즉시 그 견해를 받아들인 다음, 인류가 과연 '어떻게' 해서 이렇게 두 종족으로 분화되었는지에 대한 생각을 계속해서 이어 갔습니다. 아마 여러분은 이제 내 이론이 구체화되리라 예상할 테죠. 하지만 나는 곧 내 이론이 진실에 한참 못 미친다는 것을 깨닫게 되었습니다.

우선 우리 시대의 문제에서부터 시작해 나아가 보면, 현대에서는 그저 일시적이고 사회적인 자본가와 노동자 사이의 격차가 점점 벌어지다 미래에 이르러서는 전체적으로 그런 상태에 이르게 된 게 명명백백해 보였습니다. 틀림없이 여러분에게는 아주 터무니없는 소리로 들리겠지만 —그리고 정말 믿기 힘들겠지만! — 지금도 그리 되리란 걸 시사해 주는 상황들이 존재하지요. 현재 우리는 장식적 목적이 덜한 문명의 이기를 위해 지하 공간을 활용하는 경향이 있습니다. 예를 들면, 런던 지하철이 있고, 새로운 전기 철도, 지하도, 지하 작업장과 식당도 있는데, 그런 것들이 점점 증가하고 다양해지고 있습니다. 미래에서는 이런 경향이 심해져 결국 하늘 아래 지상에서는 산업과 관련된 것이 점점 자취를 감춘 게 분명했습니다. 내 말은, 산업체는 지하로 점점 더 깊이 내려가 점점 더 큰 지하 공장으로 옮겨 가게 되었고, 노동자들은 그곳에서 보내는 시간이 계속 많아지다가 결국에는……. 지금도 이스트엔드*의 노동자들은 자연적인 지표면과 사실상 단절된 채 인공적인 환경에서 살고 있지 않습니까?

부유한 사람들은 또한 배타적 성향으로 인해 —틀림없이 이것은 그들이 보다 나은 교육을 받는 데다 무례하고 난폭한 가난한 자들과의 격차가 점차 벌어지는 데서 기인한 것인데— 자신들의 이익을 위하여 이미 지표면의 상당 부분을 차지하고 다른

---

* 런던 동부의 빈민가.

사람들이 들어오지 못하게 폐쇄시키고 있습니다. 예를 들면 런 던 근교에 있는 아름다운 지역의 절반 정도가 침입을 막기 위해 출입이 통제되고 있지요. 그리고 이와 같이 격차가 자꾸만 벌어 지면 —이것은 부자들 쪽에서 고등 교육 과정에 들이는 시간과 비용이 늘어나고, 세련된 습관을 위한 시설이 증가하면서 그에 대한 유혹도 커지는 데서 기인하는데— 현재 사회 계층 선상에 따른 인류의 분화를 지연시키는 다른 계급과의 결혼을 통한 계 급 상승은 점점 더 드물어질 것입니다. 그리하여 결국 지상에는 즐거움과 안락함 그리고 아름다움을 추구하는 '가진 자들'이 살 게 되고, 지하에는 '못 가진 자들', 즉 자신들의 노동 환경에 끊 임없이 적응해 나가는 '노동자들'이 살게 될 것입니다. 일단 그 들이 지하에 살게 되면, 그들은 틀림없이 임대료를 내야 할 것입 니다. 동굴 환기 비용도 적지 않게 내야 할 테지요. 그리고 만약 임대료 내기를 거부하면, 그들은 임대료가 밀렸다고 굶주리거나 숨 쉬기가 어렵게 될 겁니다. 그러다 보면 체질적으로 몸이 안 좋거나 낫기 힘든 병에 걸린 사람은 죽게 되겠지요. 그리고 결국 에는 균형이 영구적으로 이뤄져서 지하 생존자들은 지상의 사람 들이 지상 생활 환경에 적응해 행복하게 살아 나가듯이 그들의 지하 생활 환경에 잘 적응해 그들 나름대로 행복하게 살아갈 것 입니다. 내 생각에 지상 사람들에게는 세련된 아름다움이, 지하 사람들에게는 파리한 안색이 뒤따르게 된 것은 아주 당연해 보 였습니다.

내가 마음속으로 꿈꿔 온 인류의 위대한 승리와는 많이 달랐습니다. 내가 상상한 도덕적인 교육과 보편적인 협력을 통한 승리가 아니었어요. 그 대신 내가 본 것은 완성된 과학으로 무장하고 오늘날 산업 체계의 논리적 귀결에 따라 성립된, 진짜 귀족 사회였습니다.

지상 사람들이 거둔 승리는 단순히 자연에 대한 승리가 아니라, 자연과 동료 인간에 대한 승리였습니다. 미리 말해 두자면 이것은 그 당시의 내 이론일 뿐입니다. 내게는 유토피아를 소재로 한 책들에 전형적으로 등장하는, 편리한 여행 안내자가 없었습니다. 나의 설명이 완전히 틀렸을지도 모릅니다. 그렇지만 아직도 난 가장 그럴듯한 설명을 해냈다고 생각합니다. 그러나 이런 추정을 근거로 한다 할지라도 마침내 이뤄 낸 균형 잡힌 문명은 이미 오래전에 그 정점을 지나 이제는 굉장히 쇠잔해진 상태임이 틀림없었습니다. 지상 세계의 사람들이 너무나도 완벽하게 안전하다 보니 그들은 서서히 퇴보해 몸집과 힘, 지능이 전반적으로 줄어들었던 것입니다. 나는 두 눈으로 충분히 이런 상황을 볼 수 있었습니다. 지하 세계 사람들에게 무슨 일이 있었는지 아직 짐작할 수는 없었습니다. 하지만 내가 마주친 '몰록*'—말이 나왔으니 말인데 지하의 생명체들은 그 이름으로 불렸습니다.—의 모습으로 미루어 보아, 인간 외형의 변화는 이미 내가 알고

---

* 고대 셈족은 아이를 제물로 바치며 '몰록'이라는 이름의 화신을 섬겼다(예레미야서 7장 31절).

있던 아름다운 종족인 '엘로이*'보다 그들에게서 훨씬 더 심하게 이루어졌다고 짐작할 수 있었습니다.

그러자 골치 아픈 의문들이 떠올랐습니다. 몰록들은 대체 왜 내 타임머신을 가져갔을까요? 나는 그들이 타임머신을 가져갔다고 확신했습니다. 또 엘로이가 지배 계층이라면, 그들은 왜 내게 타임머신을 되찾아 주지 못하는 걸까요? 그리고 엘로이는 왜 어둠을 그토록 지독하게 두려워할까요? 앞서 말했듯 나는 위나에게 가서 지하 세계에 대해 질문했지만 또다시 실망했습니다. 처음에 위나는 내 질문을 이해하려고도 하지 않다가 이내 질문에 대답하기를 거부했습니다. 그녀는 그 화제가 견딜 수 없다는 듯이 몸을 떨었습니다. 그래도 내가 다소 매몰차게 몰아붙이자 그녀는 와락 울음을 터뜨렸습니다. 내 눈물을 제외하고는 그 눈물이 내가 그 황금시대에서 본 유일한 눈물이었습니다. 그녀의 눈물을 본 나는 갑자기 몰록에 대한 질문으로 그녀를 괴롭히는 것을 그만두고 위나의 눈에서 인류 유산의 흔적을 없애는 데만 전념했습니다. 그리고 내가 진지하게 성냥불을 켜자 위나는 금방 미소를 지으면서 손뼉을 쳤습니다.

* 십자가에 묶인 예수가 하느님을 부르는 마태복음의 한 대목에서 따온 이름으로, '하느님'을 뜻한다.

6

이상하게 들릴지도 모르지만, 내가 새로 발견한 단서를 명백하게 적절한 방식으로 추적할 수 있게 된 것은 그로부터 이틀 뒤였습니다. 나는 그 창백한 몸이 이상하게도 꺼려졌습니다. 그들은 알코올에 담겨 동물 박물관에 보존된 벌레처럼 반쯤 표백된 색을 띠고 있었습니다. 그리고 그들에게 손이 닿았을 때 나는 불결하고 차가운 느낌을 받았습니다. 아마도 나의 움추림은 결정적으로 몰록들을 향해 혐오감을 갖고 있는 엘로이에게 교감 영향을 받았기 때문인 것 같았으며, 이제 나 역시 그 감정이 이해되기 시작했습니다.

다음 날 밤 나는 잠을 이루지 못하였습니다. 아마 내 건강에 약간 이상이 생긴 것 같았습니다. 나는 당혹감과 의구심으로 마음이 무거웠습니다. 한두 차례 뚜렷한 이유를 알 길 없는 강렬한 공포를 느끼기도 했습니다. 그 작은 사람들이 달빛을 받으며 자고 있는 커다란 홀로 소리 내지 않고 살금살금 기어들어 가서 ─그날 위나는 그들 틈에서 자고 있었지요.─ 그곳에 그들이 있는 걸 보자 마음이 턱 놓였던 게 기억나는군요. 바로 그때, 며칠 지나면 달이 하현을 지날 것이고, 그러면 밤이 점점 어두워져서 그 불쾌한 존재들이, 그 허연 여우원숭이들이, 옛 해충을 대체한 신종 해충이 나타나는 일이 훨씬 더 잦아질 것이라는 생각이 들었습니다. 그리고 그 이틀 동안 나는 불가피한 의무를 회피하는 사람처럼 안절부절못했습니다. 나는 타임머신을 되찾으려면 대담하게 지하의 수수께끼를 파헤치는 수밖에 없다고 확신했습니다. 하지만 그 수수께끼에 용감하게 맞설 자신이 없었어요. 내게 동료가 한 사람이라도 있었더라면 상황은 달랐을지 모릅니다. 하지만 나는 정말 끔찍하게도 혼자였고, 어두운 우물 속으로 기어 내려갈 생각만 해도 오싹했습니다. 여러분이 내 기분을 이해할지 모르겠지만 나는 내 등 뒤가 안전하다는 기분이 전혀 들지 않았습니다.

초조함과 불안함은 나를 훨씬 더 멀리까지 탐험하게 만들었습니다. 지금은 쿰우드라고 불리는 남서쪽 구릉지를 향해 걷자 멀리 19세기 밴스테드 방향으로 거대한 녹색 건물이 보였습니다. 그런데 그 건물은 이제까지 봤던 건물들과는 다른 특징을 지니고 있었습니다. 그 건물은 내가 아는 어떤 궁전이나 폐허보다도 컸고, 정면은 동양적인 모습을 하고 있었습니다. 표면은 광택이 나고 중국 자기처럼 일종의 청록색인 담녹색을 띠고 있었습니다. 다른 건물들과 구별되는 겉모습으로 보아 아마 용도도 다를 것 같아서 나는 계속 나아가 그곳을 조사해 보고 싶었습니다. 하지만 날이 저물고 있는 데다 그곳을 우연히 발견하기 전에 이미 오래도록 피곤하게 돌아다닌 터라 모험은 다음 날로 미루기로 마음먹고 돌아가 사랑스런 위나의 환영과 애무를 받았습니다. 하지만 다음 날 아침 나는 그 '초록색 자기 궁전'에 대한 호기심이 무서워하는 일을 하루 더 피하려는 일종의 자기기만이라는 사실을 확실히 깨달았습니다. 더 이상 시간을 낭비하지 않고 우물 속으로 내려가기로 결심한 나는 이른 아침 화강암과 알루미늄으로 이루어진 폐허 근처의 우물로 향했습니다.

사랑스런 위나도 나와 함께 달렸습니다. 내 옆에서 춤을 추듯 우물까지 뛰어왔지만 내가 우물 입구로 몸을 구부리고 아래를 내려다보자 그녀는 이상하리만치 당황하는 듯했습니다. 나는 "안녕, 사랑스런 위나."라고 말하며 그녀에게 입을 맞췄습니다. 그러고는 그녀를 내려놓고 우물 난간 너머를 더듬으며 손잡이와 발판 역할을 하는 고리를 찾기 시작했습니다. 꽤 서둘렀는데, 사실 고백하자면, 용기가 달아날까 봐 두려웠기 때문이었지요! 처음 위나는 놀란 나머지 나를 지켜보기만 했습니다. 그러더니 애처롭게 울부짖으며 내게로 달려와 작은 두 손으로 나를 잡아당기기 시작했습니다. 위나의 반대는 오히려 나를 더 앞으로 나아가게 하는 자극이 되었습니다. 나는 다소 거칠게 그녀의 손을 뿌리친 다음, 순식간에 우물 구멍으로 들어갔습니다. 나는 우물 난간 너머로 그녀의 고통스러운 얼굴을 보고는 그녀를 안심시키려 미소를 지었습니다. 그 뒤에는 바로 내가 딛고 선 불안정한 고리를 내려다봐야만 했습니다.

나는 우물 속을 200미터쯤 기어 내려가야 했어요. 우물 벽에 튀어나와 있는 금속 막대기들을 딛거나 잡으면서 내려갔는데, 이 막대기들은 나보다 훨씬 더 작고 가벼운 존재의 필요에 꼭 맞는 것들이었습니다. 그러다 보니 얼마 내려가지도 못했는데 경련이 일고 지쳐 버렸습니다. 그리고 그냥 지친 게 전부가 아니었습니다! 막대기들 가운데 하나가 내 체중을 못 이기고 갑자기 구부러지는 바람에 하마터면 아래의 까만 어둠 속으로 떨어질 뻔했습니다. 잠시 동안 나는 한 손으로 매달렸고, 그런 경험을 한 뒤에는 감히 다시는 쉴 수가 없었습니다. 곧 팔과 등이 심하게 아파 왔지만 나는 최대한 빠른 움직임으로 수직 벽을 계속 기어 내려갔습니다. 흘끗 위를 쳐다보니 작고 파란 원반처럼 보이는 우물 구멍으로 별 하나가 보였습니다. 그리고 자그마한 위나의 머리가 동그랗고 까맣게 튀어나와 있었습니다. 아래에서 기계가 쿵쿵거리는 소리가 점점 크고 답답하게 들려왔습니다. 위의 작은 원반 같은 구멍을 제외하고는 모든 것이 완전한 어둠 속에 있었고 다시 위를 올려다보았을 때 위나는 사라지고 없었습니다.

나는 극도로 불안한 상태였습니다. 다시 올라가서 지하 세계에 대해서는 상관하지 말고 그냥 내버려 둘까 하는 생각도 살짝 들었습니다. 하지만 마음속으로 이런 생각을 하는 동안에도 나는 계속해서 아래로 내려갔습니다. 마침내 오른편으로 한 자쯤 떨어진 곳 벽면에 가느다란 구멍이 나 있는 게 어렴풋이 보여서 나는 크게 안도했습니다. 그 구멍으로 훌쩍 뛰어들어 보니 그곳은 누워서 쉴 수 있는 좁은 수평 터널의 입구더군요. 마침 제때에 발견해서 다행이었어요. 팔도 아프고, 등에는 경련이 일고, 추락할까 두려워 오랫동안 계속 공포에 질려 있던 탓에 온몸이 덜덜 떨리고 있었거든요. 게다가 계속되는 어둠 때문에 눈도 고통스러웠고요. 그곳 지하 세상은 공기를 수직 통로 아래로 내려보내며 기계가 윙윙 울리며 돌아가는 소리로 가득 차 있었습니다.

그곳에 얼마나 오랫동안 누워 있었는지는 모르겠습니다. 부드러운 손이 내 얼굴에 닿는 바람에 나는 깨어났습니다. 나는 어둠 속에서 화들짝 놀라며 일어나 성냥을 낚아채 얼른 한 개비를 켰어요. 지상의 폐허에서 봤던 녀석과 비슷한, 구부정한 하얀 생물 셋이 불빛 앞에서 허둥지둥 달아나는 모습이 보이더군요. 한 치 앞도 보이지 않는 칠흑 같은 어둠 속에서 살다 보니, 그들의 눈은 꼭 심해어의 눈처럼 비정상적으로 크고 민감했으며, 심해어와 똑같은 방식으로 빛을 반사했습니다. 그들은 빛이 없는 어둠 속에서도 나를 볼 수 있었고, 성냥 불빛만 없었다면 나를 전혀 두려워하지 않았을 게 틀림없었어요. 하지만 내가 그들을 보려고 성냥을 켜자마자 그들은 즉시 달아났고, 어두운 배수로

와 터널 속으로 모습을 감춘 채, 굉장히 기묘하게 눈을 부릅뜨고 나를 노려봤습니다.

나는 큰 소리로 그들에게 말을 걸어 보려 했지만, 보아하니 그들의 언어는 지상 세계 사람들의 언어와 다른 모양이었습니다. 그래서 나는 누구의 도움도 받지 못한 채 나 혼자만의 힘으로 이 난국을 헤쳐 나가야 했습니다. 그때도 마음속에는 지하 세계를 탐험하기보다 달아나고 싶은 생각이 간절했습니다. 하지만 속으로 '이제 와서 피할 수도 없잖아.'라고 중얼거리고는 터널을 더듬으며 나아가자 기계 소리가 점점 더 커졌습니다. 이내 벽이 내게서 멀어지더니 널찍한 공간이 나왔습니다. 성냥을 켜서 보니 나는 거대한 아치형 동굴에 들어와 있었는데, 그 동굴은 성냥 불빛이 닿지 않는 완전한 어둠 속까지 뻗어 있었지요. 내가 본 광경은 성냥 한 개비가 타는 동안 볼 수 있는 만큼의 광경일 뿐이었습니다.

그러니 필연적으로 내 기억은 확실치 않습니다. 큰 기계 같은 커다란 형체들이 어둠 속에서 우뚝 솟아 기괴한 까만 그림자를 드리웠습니다. 흐릿한 유령 같은 몰록들이 불빛을 피해서 그 그림자 속에 숨어 있었습니다. 말이 나왔으니 말인데, 그곳은 환기가 안 돼 굉장히 숨이 막히고 답답했으며 갓 흘린 듯한 피 냄새가 공기 중에 희미하게 퍼져 있었습니다. 중앙의 조망 좋은 장소에서 조금 떨어진 곳에 있는 하얀 금속으로 된 작은 탁자에 식사로 보이는 것이 차려져 있었습니다. 적어도 몰록들은 육식성이었던 겁니다! 그때 어떤 커다란 동물이 살아남아서 내가 본 시뻘건 큰 고깃덩어리를 제공하는지 의아해했던 게 기억나는군요. 모든 것이 아주 흐릿하기만 했지요. 고약한 냄새, 크고 무의미한 형체들, 그림자 속에 도사리고 있으면서 내게 다시 어둠이 덮치기만을 기다리는 역겨운 형상들! 바로 그때 성냥불이 다 타서 내 손가락을 따갑게 하고는 암흑 속에서 꿈틀거리는 빨간 점이 되어 바닥으로 떨어졌습니다.

그 후 나는 미래를 체험하기 위한 내 준비가 얼마나 형편없었는지 생각하게 되었습니다. 타임머신을 타고 출발할 때, 나는 미래의 사람들이 어떤 기구든 틀림없이 우리보다 훨씬 앞서 있을 것이라는 터무니없는 추정을 했었습니다. 그래서 무기도 약품도 담배도 없이 ―가끔은 얼마나 담배를 피우고 싶던지요!― 그리고 성냥도 넉넉히 챙기지 않은 채 미래로 가게 됐던 것입니다. 코닥 카메라라도 가져갔더라면 정말 좋았을 텐데! 그랬더라면 언뜻언뜻 본 지하 세계를 순식간에 찍어 나중에 느긋하게 살펴볼 수 있었을 텐데 말입니다. 하지만 실제로는 그렇지 못하였으므로 나는 조물주가 내게 부여한 무기와 힘인 두 손과 두 발, 치아 그리고 내게 아직 남아 있는 안전성냥 네 개비만을 가지고 그곳에 서 있었습니다.

어둠 속에서 그 모든 기계들 사이를 헤집고 나아가기가 두려웠습니다. 그리고 조금 전 컨 성냥불이 꺼지기 직전에야 성냥이 다 떨어져 간다는 사실을 알게 되었지요. 바로 그 순간까지도 성냥을 아껴야 할 필요가 있다는 생각을 하지 못하고 있었습니다. 게다가 불을 신기해하는 지상 세계의 사람들을 깜짝 놀라게 하느라고 성냥의 거의 절반을 낭비한 뒤였지요. 말했다시피 이제 내게는 성냥 네 개비만이 남아 있었습니다. 그리고 내가 어둠 속에 서 있는 동안, 어떤 손이 내 손을 만지고, 호리호리한 손가락들이 내 얼굴을 더듬었습니다. 나는 묘한 악취를 맡을 수 있었습니다. 나를 둘러싼 그 끔찍한 작은 존재들 무리의 숨소리가 들리는 것 같았습니다. 나는 손에 쥐고 있던 성냥갑을 살짝 빼내려는 손길과 내 뒤에서 내 옷자락을 잡아당기는 다른 손길 또한 느꼈습니다. 보이지 않는 존재들이 나를 살피는 느낌은 이루 말할 수 없을 정도로 불쾌했습니다. 문득 어둠 속에서 내가 그들의 사고 방식이나 행동 방식을 전혀 모르고 있다는 사실을 아주 선명하게 깨달았습니다. 나는 있는 힘껏 그들에게 소리를 질렀습니다. 그들은 깜짝 놀라 물러났지만 곧 다시 내게로 다가왔습니다. 그들은 자기들끼리 이상한 소리로 속닥거리면서 더욱 대담하게 나를 꽉 움켜잡았습니다. 나는 격렬히 몸을 떨며 다시 소리를 질렀습니다. 다소 귀에 거슬리는 소리였지요. 이번에 그들은 그렇게 심하게 놀라지 않았고, 다시 내게로 다가오면서 괴상한 웃음소리를 냈습니다. 솔직히 고백하건대 나는 끔찍하게 무서웠습니다. 나는 성냥을 또 켜서 성냥불 빛의 보호 아래로 도망치려고 마음먹었습니다. 나는 성냥불을 켜고 호주머니에서 종잇조각을 하나 꺼내 불빛을 더 밝히고는 좁은 터널로 후퇴했습니다. 하지만 좁은 터널로 들어서자마자 성냥불이 꺼졌고, 암흑 속에서 몰록들이 나뭇잎 사이에 이는 바람처럼 바스락거리고 비처럼 후드득거리며 내 뒤를 급히 쫓아오는 소리가 들렸습니다.

곧바로 나는 여러 개의 손에 붙잡혔습니다. 그들이 나를 뒤로 끌어당기려고 하는 게 틀림없었지요. 나는 또다시 성냥불을 켜서 눈이 부셔 찡그린 그들의 얼굴 앞에 대고 흔들었습니다. 앞이 보이지 않아 당황한 나머지 깜짝 놀란 그들의 얼굴이 —창백하고 턱 끝이 쑥 들어간 얼굴, 크고 눈꺼풀 없는 분홍빛을 띤 회색 눈동자!— 어찌나 구역질 날 정도로 사람 같지 않아 보였는지 여러분은 상상도 못 할 겁니다. 하지만 멈춰 서서 살펴볼 여유는 없었지요. 나는 다시 뒤로 물러났고, 두 번째 성냥이 꺼지자 세 번째 성냥을 켰습니다. 그 불이 거의 다 타들어 갈 때쯤에야 나는 우물로 올라가는 수직 통로 입구에 이르렀습니다. 나는 아래에서 들리는 커다란 펌프가 윙윙 돌아가는 소리에 머리가 어지러워서 입구의 가장자리에 누웠습니다. 그러고는 우물 벽에 튀어나온 고리를 찾아 옆으로 손을 뻗어 벽을 더듬었습니다. 그런데 뒤에서 누가 내 두 발을 꽉 움켜잡고는 뒤로 난폭하게 잡아당겼습니다. 나는 마지막 성냥을 켰지만…… 그 성냥은 바로 꺼져 버렸습니다. 하지만 그 순간 내 손에 위로 올라가는 막대기들이 닿았습니다. 나는 거칠게 발길질을 해서 몰록의 손아귀에서 빠져나와 재빨리 우물의 수직 통로를 기어올랐습니다. 그러는 동안 그들은 계속 나를 쳐다보며 눈을 깜박였습니다. 작은 한 녀석만

이 얼마간 나를 뒤쫓았는데, 하마터면 내 장화 한 짝이 전리품으로 녀석의 손에 들어갈 뻔했습니다.

우물 벽은 아무리 올라가도 끝이 없는 것 같았습니다. 우물 입구까지 10미터도 남지 않은 상황에서 지독한 메스꺼움이 찾아왔습니다. 벽의 고리를 붙잡고 있기가 대단히 힘들었습니다. 마지막 3미터 남짓은 현기증과의 지독한 싸움이었습니다. 여러 번 머리가 어지러웠고 완전히 추락하는 느낌이 들었습니다. 그래도 마침내 나는 어떻게든 우물 입구를 넘어 비틀거리면서 폐허로부터 벗어나 눈부신 햇살 속으로 나왔습니다. 그러고는 땅바닥에 엎어졌지요. 흙냄새마저도 향기롭고 상쾌했어요. 그 뒤 위나가 내 손과 귀에 입을 맞추었던 것과 다른 엘로이들의 목소리가 들렸던 것이 기억나는군요. 한동안 나는 의식을 잃었습니다.

7

이제 정말이지 나는 전보다 더 나쁜 상황에 처한 것 같았습니다. 지금껏 밤마다 타임머신을 잃은 일로 괴로워하는 동안을 제외하고는 궁극적으로 탈출할 수 있으리라는 희망을 줄곧 품고 있었지만, 그 희망은 이 새로운 발견에 휘청거렸습니다. 지금껏 나는 그저 그 작은 사람들의 어린애 같은 단순함과 내가 이해하기만 하면 극복할 수 있는 어떤 미지의 힘이 나를 방해한다고만 생각해 왔습니다. 하지만 몰록의 역겨운 특징에는 한 가지 완전히 새로운 요소가, 즉 비인간적이고 악의적인 뭔가가 있었습니다. 본능적으로 나는 그들을 혐오했습니다. 이전까지는 구덩이에 빠진 사람이 느낄 법한 기분을 느꼈었지요. 그래서 나의 관심사는 구덩이와 어떻게 하면 그 구덩이에서 빠져나갈 수 있는가 하는 것이었습니다. 그런데 지금 나는 덫에 걸려 곧 적이 덮칠

위기에 처한 짐승이 된 기분이었어요.

여러분에게는 좀 놀라울지 모르지만, 내가 두려워하는 적은 초승달의 어둠이었습니다. 위나는 '어두운 밤'에 대해 처음 듣기에는 이해할 수 없는 말들을 남겨 내 머릿속에 그 생각을 주입시켰습니다. 다가오는 '어두운 밤'이 무엇을 의미하는지 짐작하는 것은 이제 그리 어려운 문제가 아니었습니다. 달이 이울기 시작했습니다. 매일 밤 어둠의 시간이 점점 더 길어졌습니다. 그리고 이제 나는 그 작은 지상 세계 사람들이 어둠을 무서워하는 이유를 적어도 조금은 알게 되었습니다. 몰록이 초승달 아래에서 어떤 비열한 악행을 저질렀을까 막연히 궁금했습니다. 이제 나는 내 두 번째 가설이 완전히 틀렸음을 강하게 확신했습니다. 지상 세계의 사람들은 한때 특혜를 받는 귀족 계층이었을지 모르며, 몰록은 그들을 위해 기계적으로 일하는 하인들이었을지도 모르지만, 그것은 오래전에 사라지고 없었습니다. 인간의 진화에서 비롯된 그 두 종족은 완전한 새로운 관계를 향해 서서히 나아가고 있거나 벌써 도달해 있었습니다. 카롤링거 왕들처럼 엘로이들은 그저 아름답기만 하고 쓸모없는 존재로 쇠퇴해 있었습니다. 엘로이들은 그래도 몰록들이 눈감아 준 덕분에 지상을 점유할 수 있었습니다. 무수한 세대 동안 지하에서 살아온 몰록들이 마침내 햇빛 비치는 지상을 견딜 수 없게 되었기 때문이지요. 그리고 추측컨대, 아마도 몰록들에게는 엘로이의 시중을 들던 옛 습성이 남아 있어서 엘로이의 습관적 요구에 따라 엘로이의 옷을 만들고 엘로이를 부양하는 것 같았습니다. 그들이 그렇게 하는 것은 서 있는 말이 앞발로 땅을 차거나 사람이 재미 삼아 도살을 즐기는 것과 마찬가지였습니다. 왜냐하면 지금은 사라지고 없는 과거의 필요성에 기인했다 해도 습성이란 유기체에 강하게 새겨지는 법이니까요. 하지만 분명히 옛 질서는 이미 부분적으로 뒤집혀 있었습니다. 그 연약한 자들을 향해 네메시스*가 빠른 속도로 계속 다가오고 있었습니다. 오래전, 그러니까 몇 천 세대 전에 인간은 안락과 햇빛 밖으로 자신의 형제를 내쫓았습니다. 그런데 이제 그 형제가 돌아오고 있었습니다. 그것도 모습이 바뀐 채로요! 이미 엘로이는 옛 교훈 하나를 새로이 배우기 시작했습니다. 그들은 두려움을 다시 알아 가고 있었지요. 그런데 불현듯 머릿속에 지하 세계에서 본 그 고기가 떠올랐습니다. 어째서 지금 이 순간 그 생각이 났는지 참 이상한 기분이 들었습니다. 이를테면 하고 있던 생각 도중에 흘러들어 온 것도 아니고, 묵상의 흐름을 타고 떠오른 것도 아니며, 거의 외부에서 질문을 받듯 마음속으로 들어왔던 것입니다. 나는 그 고기의 형태를 기억해 내려 애썼습니다. 뭔가 익숙한 것이 모호하게 떠올랐지만 그때는 그게 뭔지 알 수 없었습니다.

그 불가사의한 공포 앞에서 작은 사람들이 아무리 속수무책이었다 하더라도 나는 그들과 체질적으로 달랐습니다. 나는 공포 때문에 얼어붙지도 않고 불가사의한 것을 두려워하지도 않

---

* 그리스 신화에 나오는 인과응보와 복수의 여신.

는, 지금 우리 시대에서, 즉 인류의 원숙한 전성기에서 온 사람이었습니다. 나는 적어도 나 자신을 지킬 수 있었습니다. 더 이상 지체하지 않고 손수 무기를 장만하여 잠잘 요새를 찾기로 했습니다. 그 요새를 근거지 삼아, 밤마다 내가 어떤 생물에게 노출됐단 사실을 깨달을 때마다 다소 잃곤 하는 자신감으로 그 낯선 세상에 맞설 수 있을 것 같았습니다. 나는 그들로부터 안전한 잠자리를 확보할 때까지는 결코 다시 잠들 수 없으리라 생각했습니다. 그들이 틀림없이 나를 이미 조사했다고 생각하자 공포에 질려 몸이 덜덜 떨렸습니다.

그날 오후 템스 강 유역을 따라 이리저리 돌아다녔지만 내 생각에 그들이 접근하기 어려워 보이는 곳은 하나도 없었습니다. 몰록이 우물을 기어오르는 모습으로 판단하건대, 몰록처럼 민첩하게 잘 기어오르는 존재들은 어떤 건물이나 나무라도 쉽게 넘어 다닐 수 있을 것 같더군요. 바로 그 순간, 초록색 자기 궁전의 높은 뾰족탑과 반짝반짝 빛나는 궁전의 벽이 떠올랐습니다. 그리고 저녁에 위나를 어린아이처럼 어깨에 태우고 언덕을 올라 남서쪽으로 향했습니다. 12, 13킬로미터 정도 되는 거리라고 생각했는데 실제로는 대략 30킬로미터나 되는 거리였습니다. 처음 그 궁전을 봤던 때가 습한 오후였기 때문에 실제보다 더 가깝다고 착각했던 것이지요. 게다가 내 구두 한 짝의 뒤축이 헐겁고 밑창으로 못까지 튀어나와서 ―그건 집 안에서 편하게 신던 낡은 구두였거든요.― 나는 절뚝거리며 걸었습니다. 그래서 궁전이 보이는 곳에 이르렀을 때는 이미 한참 전에 해가 진 상태였고 그 궁전은 옅은 노란 빛깔 하늘을 배경으로 검은 윤곽을 드러내고 있었습니다.

위나는 내가 자기를 어깨에 태워 주자 굉장히 즐거워했지만 잠시 후 내려 주기를 바라더군요. 그녀의 바람처럼 땅에 내려 준 후에는 내 옆에서 뛰어가다가 가끔씩 이쪽저쪽으로 날쌔게 달려가 꽃을 꺾어 와서 내 호주머니에 꽂아 주곤 했습니다. 내 호주머니는 위나에게 늘 수수께끼 같았고, 마침내 위나는 내 호주머니를 꽃 장식을 위한 별난 종류의 꽃병이라고 결론 내린 모양이었습니다. 아무튼 위나는 내 호주머니를 그런 용도로 이용했습니다. 아, 그러고 보니 기억이 나는군요! 재킷을 갈아입다가 발견했는데…….”

시간 여행자가 말을 멈추더니 호주머니에 손을 넣어 아주 커다란 하얀색 당아욱꽃과 비슷하게 생긴 시든 꽃 두 송이를 꺼내 작은 탁자 위에 가만히 올려놓았다. 그러고는 자신의 이야기를 계속 이어 나갔다.

“저녁의 고요가 세상으로 퍼져 나가고, 우리가 언덕의 능선을 넘어 윔블던 쪽을 향해 가고 있을 때, 위나는 지쳐서 회색 돌로 된 집으로 돌아가고 싶어 했습니다. 하지만 나는 멀리 있는 초록색 자기 궁전의 뾰족탑을 가리키며 우리는 지금 두려움으로부터 벗어날 수 있는 피난처를 찾아 저곳에 가는 것이라는 사실을 어떻게든 위나에게 이해시키려고 했습니다. 여러분은 땅거미가 지기 전 모든 것이 잠깐 멈추는 위대한 순간을 아십니까? 나무 사이에 이는 산들바람조차 멈추는 순간을요. 나는 그러한 저녁의 정적에 늘 기대감을 갖곤 하지요. 저 멀리 있는 하늘은 맑고, 저녁노을이 진 하늘 아래는 수평으로 생긴 줄 몇 개를 제외하곤 텅비어 있었습니다. 그런데 그날 밤 그런 기대감은 내 두려움의 빛깔을 띠고 있었습니다. 어스레한 고요 속에서 나의 감각이 초자연적으로 날카로워진 모양이었습니다. 내 발밑 땅속의 텅 빈 공간도 느낄 수 있을 것 같았어요. 정말이지 내 발 아래로 몰록들이 이리저리 오가며 어둠을 기다리고 있는 모습이 거의 보이는 듯했습니다. 나는 흥분한 나머지 자신들의 굴에 대한 나의 침입을 그들이 선전포고로 받아들일 거라는 생각까지 하였습니다. 그런데 왜 그들은 내 타임머신을 가져갔을까요?

그렇게 우리는 고요 속에서 계속 걸었고, 어느덧 황혼이 깊어져 밤이 되었습니다. 저 멀리 하늘에서는 맑은 푸른색이 점점 희미해졌고 별이 하나둘 모습을 드러냈습니다. 땅은 어둑해지고 나무는 까맣게 보였습니다. 위나의 두려움과 피로가 점점 심해져 갔습니다. 나는 그녀를 품에 안고 말도 걸고 어루만져 주기도 했습니다. 그런 뒤 어둠이 더욱 깊어지자 위나는 내 목에 팔을 두르고 눈을 감으며 얼굴을 내 어깨에 바짝 갖다 댔습니다. 그렇게 우리는 긴 비탈길을 내려가 골짜기에 이르렀습니다. 어둠 속에서 나는 하마터면 작은 강에 빠질 뻔했어요. 나는 그곳을 헤치며 걸어가 골짜기 반대편으로 올라가서 잠들어 있는 수많은 집들과 어떤 조각상 옆을 지나갔습니다. 그 조각상은 파우누스*나 뭐 그 비슷한 인물의 조각상이었는데, 머리가 없었습니다. 그곳에도 아카시아가 있더군요. 그 시점까지는 몰록의 코빼기도 볼 수 없었지만 아직은 초저녁이었으므로 이울어 가는 달이 떠오르기 전의 더 어두운 시간은 아직 오지 않은 상태였습니다.

다음 언덕의 꼭대기에서 보니 내 앞으로 울창한 숲이 넓고 새까맣게 펼쳐져 있었습니다. 나는 그 경치를 보고 머뭇거렸습니다. 오른쪽으로도 왼쪽으로도 숲은 끝이 보이지 않았습니다. 피로가 몰려와 ─특히 발이 무척 아팠습니다.─ 나는 멈춰 서서 조심스레 위나를 어깨에서 내려놓은 다음 잔디밭에 앉았습니다. 초록색 자기 궁전은 더 이상 보이지 않았고 잘못된 방향으로 가고 있는 건 아닌지 걱정스러웠습니다. 나는 울창한 숲속을 주의 깊게 살피며 거기에 뭔가가 숨어 있을지도 모른다는 생각을 했습니다. 서로 빽빽하게 얽힌 나뭇가지들 아래에서는 별도 보이지 않을 것 같았습니다. 다른 위험이 ─어떤 위험인지 상상력을 발휘하고 싶지는 않았습니다.─ 도사리고 있지 않더라도 나무뿌리에 발이 걸려 넘어지거나 나무줄기에 부딪힐 위험은 여전히 있었습니다. 낮 동안 흥분한 뒤라 몹시 피곤하기도 해서 나는 그런 위험과 맞서기보다는 탁 트인 언덕에서 그날 밤을 보내기로

---

* 로마 신화에 나오는 숲의 신.

마음먹었습니다.

다행스럽게도 위나는 깊이 잠들어 있었습니다. 그녀에게 내 재킷을 조심스레 덮어 준 다음, 나는 그녀 옆에 앉아서 달이 떠오르기를 기다렸습니다. 언덕 비탈은 고요하고 사람 하나 없었습니다. 하지만 가끔 깜깜한 숲속에서 살아 있는 생물들이 움직이는 소리가 들려왔습니다. 밤하늘이 아주 맑아서 내 위로는 별들이 빛나고 있었습니다. 별들이 반짝이는 모습에서 상냥한 위안이 느껴졌습니다. 하지만 사람이 태어나고 죽기를 백 번이나 반복하는 세월 동안에도 감지할 수 없을 만큼 느리게 움직였던 옛 별자리들 역시 사라지고 없더군요. 하늘에는 낯선 별자리들이 이미 오래전에 배치되어 있었습니다. 그래도 내가 보기에 은하수는 여전히 옛날과 같은 우주진*의 낡은 띠 모양이었습니다. 남쪽으로는(내가 판단하기로는 그쪽이 남쪽이었습니다.) 생전 처음 보는 아주 밝은 붉은별 하나가 있었습니다. 우리 시대의 초록별 시리우스보다 훨씬 더 빛났습니다. 점처럼 반짝반짝 빛나는 모든 별들 한복판에서 밝은 행성 하나가 옛 친구의 얼굴처럼 정답고 한결같이 빛나고 있었습니다.

별들을 바라보고 있노라니 갑자기 나 자신의 문제도 지구 생명체의 온갖 위험도 하찮게 보였습니다. 나는 별들의 잴 수 없는 거리와 미지의 과거에서 미지의 미래로 느리게 움직이는 별들의 필연적인 흐름에 대해 생각했습니다. 지구의 극이 그리는 거대

---

* 우주 공간에 흩어져 있는 미립자 모양의 물질을 통틀어 일컫는 말.

한 세차 운동*의 주기에 대해서도 생각했습니다. 내가 가로질러 온 그 모든 세월 동안 그 조용한 회전은 마흔 번밖에 일어나지 않았더군요. 그리고 그렇게 회전이 일어나는 동안, 모든 활동, 모든 전통, 복잡한 조직, 국가, 언어, 문학, 열망, 심지어는 내가 알고 있는 인류에 대한 단순한 기억조차도 다 휩쓸려 가 버린 것입니다. 자신들의 고귀한 선조들을 잊어버린 연약한 생명체들과 나를 공포에 사로잡히게 한 하얀 생물들이 그 자리를 대신하고 있었습니다. 그리고 그 두 종족 사이에 존재하는 대공포에 대해 생각해 봤습니다. 갑자기 온몸에 전율이 일며 내가 봤던 그 고기가 무엇이었는지 처음으로 확실히 깨닫게 되었습니다. 어찌나 끔찍하던지요! 나는 내 옆에서 자고 있는 사랑스런 위나를 바라보았습니다. 그녀의 뽀얀 얼굴이 별빛 아래에서 별처럼 빛났습니다. 나는 그 끔찍한 생각을 떨쳐 버렸습니다.

기나긴 그날 밤 내내 나는 할 수 있는 한 마음속에서 몰록에 대한 생각을 물리치려 애쓰면서 그리고 혼란스런 새 별자리 속에서 옛 별자리의 흔적을 찾을 수 있다고 생각하면서 시간을 보냈습니다. 한두 점 떠 있는 흐린 구름을 제외하고 하늘은 계속해서 맑았습니다. 나는 가끔 졸았던 것 같습니다. 밤을 새며 경계하는 가운데 시간이 흘러 어느새 동녘 하늘이 무채색 불빛을 반사하는 것처럼 희미하게 밝아 오며 이지러져 가는 달이 희미하

---

* 지구 자전축이 약 26000년을 주기로 팽이처럼 회전하면서 경사 방향이 바뀌는 운동.

고 뾰족하며 하얗게 떠올랐습니다. 그리고 곧이어 달을 추월해 집어삼키며 새벽이 찾아왔습니다. 처음에는 엷은 빛깔을 띠었지만 점점 분홍빛이 돌며 따뜻한 빛깔로 변했습니다. 우리에게 접근하는 몰록은 전혀 없었습니다. 그날 밤 언덕에서 나는 그 누구도 보지 못했습니다. 새로워진 날을 맞아 자신감을 되찾은 나는 지난밤의 두려움이 터무니없게 여겨졌습니다. 일어서는데 뒤축이 헐거워진 쪽의 발목이 퉁퉁 붓고 발뒤꿈치가 아파 왔습니다. 그래서 나는 다시 털썩 주저앉아 구두를 벗어 휙 내팽개쳤습니다.

나는 위나를 깨워서 함께 숲으로 갔습니다. 이제 숲은 시커멓고 으스스한 대신 초록빛을 띠었고 쾌적했습니다. 우리는 과일을 발견해 그것으로 아침을 해결했습니다. 곧 우아한 다른 엘로이들도 만났는데 자연에 밤 따위는 없다는 듯 햇빛 속에서 크게 웃으며 춤을 추고 있었습니다. 바로 그 순간 나는 지하 세계에서 봤던 그 고기가 다시 떠올랐습니다. 이제 나는 그것이 무엇인지 확신했습니다. 인류의 대범람에서 마지막 남은 미약한 실개천 같은 그들의 존재를 진심으로 동정했습니다. 인류가 쇠퇴기에 접어든 오래전의 언젠가 몰록들의 식량이 떨어졌던 것입니다. 아마 그들은 쥐나 그 비슷한 해로운 작은 짐승들을 먹고 살았겠지요. 지금도 인간은 이전의 인간에 비해 훨씬 음식을 덜 가리고 음식에 대해 덜 배타적입니다. 원숭이보다도요. 인육에 대해 우리가 가진 선입견은 뿌리 깊은 본능이 아닙니다. 그리하여

110

인류의 비인간적 후손인 몰록들은……. 나는 과학적인 자세로 몰록을 보려고 애썼습니다. 어쨌든 3, 4천 년 전의 우리 식인 조상보다 몰록들은 더 비인간적이고 동떨어져 있었습니다. 인육을 먹는 사태에 대해 고민하게 할 지성은 그들에게서 사라지고 없었습니다. 그런데 왜 내가 골머리를 앓아야 합니까? 엘로이들은 그저 살찐 육우일 뿐으로, 그 개미 같은 몰록들이 간수하고 잡아 먹고 아마도 번식까지 시키는 살찐 가축에 불과했습니다. 그리고 내 옆에서는 위나가 춤을 추고 있었습니다!

그러자 나는 그런 결과가 인간의 이기심에 대한 엄격한 벌이라고 생각함으로써 나를 엄습하고 있는 공포로부터 스스로를 지키려 했습니다. 인간은 같은 인간의 노동을 기반으로 기꺼이 안락하고 기쁜 삶을 살아왔고, '불가피성'을 자신의 좌우명이자 핑계로 삼았습니다. 넉넉한 시간 속에서 '불가피성'은 인간의 가슴에 뼈저리게 와 닿았습니다. 나는 심지어 퇴락해 가는 이 가련한 귀족을 칼라일*처럼 멸시하려 했습니다. 하지만 이런 마음의 자세는 불가능했습니다. 그들의 지적 퇴보가 얼마나 크든, 엘로이들은 인간의 모습을 상당히 많이 간직하고 있어서 나는 그들을 동정하지 않을 수 없었고, 그들의 퇴보와 공포를 필연적으로 함께 할 수밖에 없었지요.

그때는 내가 나아갈 길에 대해 아주 막연한 생각만을 갖고 있었습니다. 먼저 해야 할 일은 안전한 피난처를 확보하고 내가 고

---

* Thomas Carlyle(1795~1881). 영국의 사상가이다.

안할 수 있는 금속이나 돌로 직접 무기를 만드는 것이었습니다. 이 일은 꼭 필요한 일이었고 즉시 이루어져야 하는 일이었습니다. 그다음으로는 언제든지 횃불이라는 무기를 즉시 쓸 수 있도록 불을 피울 수단을 마련하고 싶었습니다. 내가 알기로는 몰록들과 맞설 때 그보다 더 효과적인 무기는 없었으니까요. 그런 뒤 하얀 스핑크스 조각상 아래의 청동문을 부수어 열 수 있는 도구를 마련하고 싶었지요. 나는 마음속으로 성벽을 파괴할 때 쓰는 대형 망치를 떠올렸습니다. 청동문을 열어 활활 타오르는 횃불을 들고 들어갈 수만 있다면 타임머신을 발견해 도망칠 수 있을 거라고 확신했습니다. 나는 몰록이 타임머신을 멀리 옮길 정도로 힘이 세다고는 생각하지 않았습니다. 위나는 우리 시대로 데려오기로 결심했습니다. 그리고 그런 계획을 마음속으로 이리저리 따져 생각하면서 나의 망상이 우리의 거처로 정한 건물을 향해 나아갔습니다.

8

정오 무렵 초록색 자기 궁전에 가까이 다가가 보니, 그 궁전은 버려진 채 폐허가 되어 가고 있었습니다. 창문에는 깨지고 남은 유리 조각만이 들쑥날쑥 붙어 있었고, 초록색 벽의 커다란 조각들은 부식된 금속 틀에서 떨어져 나가 있었습니다. 그 궁전은 잔디로 뒤덮인 언덕 아주 높은 곳에 자리하고 있었습니다. 나는 그 궁전에 들어가기 전 북동쪽을 쳐다봤다가 넓은 강어귀와 만까지 보고는 깜짝 놀랐습니다. 내가 판단하기로 그곳은 한때 원즈워스와 배터시가 있던 곳이 틀림없었습니다. 바다 속 생물들에게 무슨 일이 벌어졌는지, 아니 무슨 일이 벌어지고 있는지 궁금했지만 그 생각을 계속하지는 않았습니다.

자세히 살펴보니 그 궁전의 재질은 정말 자기로 되어 있었고, 표면에는 어떤 미지의 문자로 새겨진 비문이 있었습니다. 나는 무척 어리석게도 위나가 그 비문을 해석하는 데 도움을 줄지 모른다고 생각했지만, 그녀의 머릿속에는 글자에 대한 개념조차 전혀 없다는 사실을 알게 될 뿐이었습니다. 물론 나만의 착각에 불과하기는 했지만, 그녀는 언제나 그녀가 실제로 그런 것보다 더 인간처럼 여겨졌던 것 같습니다. 아마도 그건 그녀의 애정이 너무나도 인간다웠기 때문이겠지요.

부서진 채 열려 있는 커다란 문짝 안으로 있어야 할 홀 대신 옆면의 많은 유리창을 통해 빛이 들어오는 기다란 화랑이 있었습니다. 처음 언뜻 봤을 때는 박물관이 연상되었지요. 타일 깔린 바닥에는 먼지가 수북하게 쌓여 있었고 놀랄 만큼 많은 온갖 잡동사니들도 똑같이 회색 먼지를 뒤집어쓴 채 진열되어 있었습니다. 그런 뒤 그곳 중앙에 서 있는 이상하고 으스스하게 생긴 것이 눈에 들어왔는데, 그건 분명 거대한 해골의 아랫부분이었습니다. 비스듬한 해골의 발로 보아 그것은 메가테리움*식으로 멸종한 어떤 동물의 뼈라는 것을 알 수 있었습니다. 먼지가 두껍게 쌓인 두개골과 윗부분의 뼈는 그 옆에 놓여 있었습니다. 지붕에 난 구멍으로 빗물이 떨어진 부분의 뼈는 마모돼 있더군요. 그 방의 더 안쪽으로는 브론토사우루스**의 거대한 해골 몸통이 있었습니다. 박물관일 것이라는 나의 추측이 들어맞았지요. 옆쪽으로 간 나는 비스듬한 선반처럼 보이는 것을 발견했습니다. 수

*신생대 플라이스토세에 살았던 포유류로 거대한 나무늘보처럼 생겼다.
**중생대 쥐라기에 번성했던 공룡.

북이 쌓인 먼지를 털어내자 우리 시대의 오래되고 익숙한 유리 상자가 보였습니다. 하지만 내용물 일부의 보관 상태가 아주 좋은 것으로 판단하건대 유리 상자들은 진공으로 보관되고 있음에 틀림없었습니다.

분명 우리는 먼 미래의 사우스 켄싱턴 박물관의 폐허 가운데서 있었습니다! 보아하니 그곳은 고생물 전시실로, 아주 멋지게 화석을 진열해 놓았던 곳이 분명했습니다. 필연적인 부식 과정은 한동안 멈춰지거나 박테리아와 균류의 멸종으로 인해 그 힘이 가진 100의 99를 잃었지만 그럼에도 불구하고 대단히 안정된 상태에서 극도로 느리게 모든 보물들에 다시 작용하고 있었습니다. 여기저기에 있는 박살 나거나 줄로 꿰어 갈대 위에 올려 놓은 희귀 화석들의 형태 속에 작은 사람들의 흔적이 보였습니다. 그리고 그 유리 상자들은 어떤 경우에는 통째로 옮겨진 것 같았는데, 내가 판단하기로는 몰록들의 짓 같았습니다. 그곳은 아주 조용했습니다. 두껍게 뒤덮인 먼지로 인해 우리의 발자국 소리는 약하게 들렸습니다. 경사진 유리 상자에다 대고 성계를 굴리고 있던 위나는 내가 주위를 둘레둘레 보고 있자 얼른 다가와서 가만히 내 손을 잡고 옆에 섰습니다.

처음 나는 지적 시대의 그 고대 유적을 보고 어찌나 놀랐던지 그것이 제시하는 가능성을 염두에 두지 않았습니다. 타임머신에 대한 나의 집착마저도 마음에서 약간 물러나 있었습니다.

그곳의 규모로 판단하건대, 그 초록색 자기 궁전에는 고생물

115

전시실 말고 다른 것들도 어마어마하게 많을 것 같았습니다. 역사 전시실, 심지어 도서관도 있을지 몰랐지요! 적어도 현재의 내 상황에서는 그런 것들이 부식되어 가는 옛 지질학의 구경거리보다 훨씬 흥미로웠습니다. 이리저리 살펴보다가 첫 번째 전시실을 가로질러 이어지는 또 다른 짧은 전시실을 발견했습니다. 그곳은 광물들을 전시하는 공간으로 보였습니다. 유황 덩어리를 보자 바로 화약 생각이 나더군요. 하지만 질산칼륨을 찾을 수는 없었습니다. 사실, 어떤 종류의 질산염도 없었지요. 틀림없이 오래전에 용해되어 버린 모양이었어요. 그래도 유황에 대한 생각이 마음속에 계속 남아 이런저런 생각들이 꼬리에 꼬리를 물고 이어졌습니다. 그 방에 전시된 나머지 것들에 대해 말하자면, 대체로 내가 본 것 가운데 가장 잘 보존되어 있었지만, 별 관심이 생기지는 않았습니다. 난 광물학 전문가가 아니니까요. 나는 내가 들어갔던 첫 번째 전시실과 나란히 뻗어 있는, 폐허가 된 통로를 걸어갔습니다. 보아하니 그곳은 자연사를 위한 공간 같았지만 모든 전시품들이 이미 알아볼 수 없는 상태로 변해 있었습니다. 한때는 박제된 동물이었던 것 몇 개가 쪼글쪼글해지고 검어져서 흔적만 남아 있고, 한때는 술이 담겨 있었던 단지들에는 건조한 미라들이 들어 있고, 죽은 식물들은 갈색 먼지가 되어 있었습니다. 그게 다였어요! 그 점은 나도 정말 안타까웠어요. 생물계의 정복을 이뤄 낸 지속적인 재조정을 추적해 나가는 일은 무척 즐거웠을 테니까 말입니다. 그런 뒤 우리는 크기는 정말 엄청나지만 채광은 유달리 나쁜 전시실에 이르렀습니다. 그곳 바닥은 내가 들어간 쪽 끝에서부터 약간 아래로 향해 있더군요. 천장에는 띄엄띄엄 하얀 전구들이 매달려 있어서 —그 가운데 다수가 금이 가고 박살 나 있었어요.— 원래 그곳이 인공적으로 조명되던 곳임을 암시했습니다. 그곳에 있는 것들은 내가 아주 잘 아는 분야였지요. 내 양쪽으로는 엄청난 규모의 커다란 기계들이 있었습니다. 심하게 부식되고 고장 난 것들이 많았지만 아직 온전한 것들도 조금 있었습니다. 여러분도 알다시피 나는 기계라면 좋아서 사족을 못 쓰기 때문에 기계들 옆에 오래도록 있고 싶었습니다. 대부분이 수수께끼처럼 흥미를 끄는 기계였던 데다가 기계의 용도가 뭔지 어렴풋하게도 짐작할 수 없었기에 더욱 그랬지요. 기계들의 비밀을 풀 수만 있다면 몰록에 맞설 유용한 힘을 지닐 수도 있을 것 같았습니다.

갑자기 위나가 내 옆에 바짝 다가섰습니다. 너무나 갑작스러워서 나는 깜짝 놀랐습니다. 위나가 없었더라면 나는 전시실 바닥이 경사져 있다는 사실도 전혀 알아차리지 못했을 겁니다. 내가 들어간 쪽 끝은 지면보다 꽤 높았고 갈라진 틈같이 생긴 희귀한 창문들을 통해 빛이 들어오고 있었습니다. 반대쪽으로 걸어가니 바닥이 창문에 닿을 정도로 올라와 급기야 각 창문 앞에는 런던 주택의 지하 출입구 같은 구멍이 생기고, 창문 위로는 가느다란 한 줄기 햇빛만이 비칠 뿐이었습니다. 나는 그 기계들에 대해 골똘히 생각하면서 천천히 걸었습니다. 기계 생각에 너무 몰두한 나머지 위나의 점점 커져 가는 불안감이 내 주의를 끌 때까지 빛이 차츰 줄어들고 있다는 사실도 깨닫지 못했습니다. 그러다가 마침내 그 전시실이 짙은 어둠 속에 빠져들고 있다는 것을 알게 되었습니다. 머뭇거리며 주위를 둘러보는데, 먼지가 적고 먼지의 표면도 고르지 않다는 것 또한 알게 되었습니다. 저 멀리 어둑한 쪽에는 작고 좁다란 발자국도 많이 나 있는 것 같았습니다. 그것을 보자 몰록들이 바로 목전에 있다는 느낌이 되살아나더군요. 공연히 기계들을 학술적으로 조사하느라 시간을 낭비하고 있다는 생각이 들었습니다. 오후 시간은 벌써 한참이 지났을뿐더러 나는 아직 무기도 피난처도 없고 불을 피울 수단도 찾지 못한 상태였습니다. 그때 전시실의 먼 쪽 어둠 속에서 특이하게 후드득 하는 소리와 함께 지난번 우물 속에서 들었던 것과 똑같은 기이한 소리가 들렸습니다.

나는 위나의 손을 잡았습니다. 그 순간 갑작스레 떠오르는 생각이 있어서 위나를 남겨 두고 기계 쪽으로 향했습니다. 그 기계에는 철도 신호소에 있는 레버와 다르지 않은 레버가 튀어나와 있었습니다. 나는 기계의 받침대에 올라가 두 손으로 그 레버를 잡고 온 힘을 실어 옆으로 밀었습니다. 중앙 복도에 혼자 남아 있던 위나가 훌쩍이기 시작하더군요. 레버의 강도는 내가 예상했던 대로였습니다. 1분 정도 힘을 줘 밀었더니 레버는 딱 소리를 내며 부러져 버렸습니다. 나는 철퇴처럼 쓸 수 있는 부러진 레버를 들고 위나에게로 갔습니다. 내가 판단하기로 그것은 앞으로 마주칠지 모르는 어떤 몰록이든 머리통을 날려 버리기에 충분한 무기 같았습니다. 그리고 나는 정말로 몰록을 죽여 버리고 싶었습니다. 자신의 후손을 죽이고 싶어 하다니, 정말 비인간적이라고 생각할지 모르겠군요! 하지만 그런 것들에게서는 인간다운 면을 전혀 찾을 수 없었습니다. 나는 위나를 혼자 놔두고 가는 게 내키지 않았을 뿐 아니라 살인에 대한 내 갈증을 풀기 시작한다면 타임머신이 피해를 입을지도 모른다는 확신에 곧장 전시실을 달려 내려가 이상한 소리를 낸 짐승들을 죽이고 싶은 마음을 억눌렀습니다.

한 손에는 철퇴처럼 레버를 들고 다른 손에는 위나를 잡고 그 전시실에서 나와 훨씬 더 큰 다른 전시실로 갔습니다. 처음 언뜻 보았을 때 그 전시실은 누더기가 된 깃발들이 내걸린 모습이 군대 예배당을 떠오르게 하더군요. 전시실의 양옆으로 검게 타 버린 듯한 갈색 넝마 조각들이 걸려 있었는데, 나는 이내 그게 썩어 가고 있는 책들의 흔적이라는 것을 알아차렸습니다. 책들은 오래전에 조각조각나서 책이라고 알아볼 수 있는 외양은 하나도 남아 있지 않았습니다. 하지만 여기저기 뒤틀린 판지와 망가진 걸쇠들이 그 사실을 아주 잘 증명해 주고 있었지요. 내가 문학가였더라면 아마도 모든 야망의 헛됨에 대해 설교했을지도 모르겠습니다. 하지만 사실은 그렇지 않았으므로, 그때 내게 아주 날카롭게 와 닿은 사실은 썩어 가는 종이들의 우울한 황야가 증명해 주는 엄청난 노력의 낭비였습니다. 그 당시 나는 〈왕립 학회 철학 회보〉와 물리광학에 관한 내 논문 열일곱 편에 대해 주로 생각했단 사실을 고백해야겠군요.

그러고 나서 우리는 넓은 계단을 올라가, 한때 기술화학 전시실이었을지 모르는 곳에 이르렀습니다. 나는 그곳에서 뭔가 유용한 것을 발견하기를 적잖이 기대했지요. 지붕이 무너진 한쪽 끝을 제외하면 그 전시실은 잘 보존되어 있었습니다. 나는 깨지지 않은 진열장 모두를 열심히 살펴봤습니다. 그리고 마침내 완전히 밀폐된 어떤 진열장에서 성냥 한 갑을 발견했습니다. 나는 간절한 마음으로 성냥을 켜 보았습니다. 성냥은 더할 나위 없이 상태가 좋았습니다. 눅눅하지도 않았습니다. 나는 위나를 돌아보며 그녀의 언어로 "춤을 춥시다."라고 외쳤습니다. 이제 나는 우리가 두려워하는 그 끔찍한 짐승에 맞설 수 있는 무기를 손에 넣은 것입니다. 그래서 그 버려진 박물관의 먼지가 수북이 쌓인 부드러운 양탄자 위에서 나는 〈천국〉이라는 노래를 내가 할 수 있는 한 가장 쾌활하게 휘파람을 부는 동시에 여러 춤을 진지하게 섞어 춰서 위나를 대단히 기쁘게 해 주었습니다. 얌전한 캉캉도 췄고, 스텝 댄스와 스커트 댄스도 췄고(내 연미복이 허락하는 범위 내에서), 내 맘대로 만들어 추기도 했습니다. 여러분도 아시다시피 나는 본래 창의적인 사람이니까요.

그런데 지금 생각해 봐도 그 성냥갑이 그토록 많은 시간이 흘렀는데도 손상되지 않고 멀쩡한 것은 무척 이상한 일인 동시에 나에게는 대단한 행운이었습니다. 하지만 아주 묘하게도 횔

씬 믿기지 않는 물질을 발견했는데, 그건 장뇌*였습니다. 장뇌
는 우연한 기회에 완벽하게 밀봉된 것 같은 병에 들어 있었습니
다. 처음에 나는 그게 파라핀인 줄 알고 그 유리병을 깨뜨렸습니
다. 하지만 냄새를 맡아 보니 장뇌가 틀림없더군요. 수천 세기
가 흐르는 동안 온 우주가 썩어 가는 가운데 이 휘발성 강한 물
질은 살아남아 있었습니다. 그러자 분명 수백만 년 전에 멸종되
어 화석화된 벨렘나이트**에서 얻은 세피아***로 그린 그림이
연상되었습니다. 장뇌를 던져 버리려다가 그것이 인화성 물질이
며 상당히 밝은 불꽃을 내면서 탄다는 ―실제로 그건 훌륭한 촛
불 역할을 할 수 있었지요.― 사실이 생각났습니다. 그래서 나
는 그것을 호주머니에 넣었습니다. 하지만 청동문을 부술 만한
폭발물이나 도구는 찾지 못했어요. 지금까지 우연히 발견한 가
장 유용한 도구는 쇠지렛대뿐이었지요. 그럼에도 불구하고 나는
아주 의기양양하게 그 전시실에서 나왔습니다.

그 긴 오후에 있었던 일을 여러분께 전부 다 말씀드릴 수는
없습니다. 내가 이곳저곳 살펴보고 다닌 일을 제대로 된 순서로
상기하는 것은 대단한 노력을 요할 테니까요. 녹슨 무기 진열대
가 있던 기다란 전시실도 기억나고, 들고 있던 쇠지렛대와 그 전

---

* 독특한 향기가 있는 무색 고체로 의약품, 비닐 제조, 좀약 등에 쓰이는 하
얀 물질.
** 고생대 쥐라기에서 중생대에 걸쳐 번성한 오징어와 비슷하게 생긴 화석 동
물.
*** 오징어류의 먹물에서 얻은 짙은 갈색 물감.

시실에 있는 도끼나 칼 사이에서 갈팡질팡하며 머뭇거린 기억도 떠오릅니다. 하지만 그걸 다 들고 갈 수는 없는 노릇이었고, 청동문을 부수는 데는 내가 들고 있던 쇠막대가 가장 적절할 것 같았습니다. 엽총, 권총, 소총도 많이 있었습니다. 대부분은 녹이 잔뜩 슬어 있었지만 새로운 금속으로 만들어진 것들도 많았고 그래서 아직 꽤 쓸 만해 보였습니다. 그러나 한때는 탄창이나 화약이었을지도 모르는 것들이 부식되어 먼지로 변해 있었습니다. 전시실 한쪽 구석은 새까맣게 타고 부서져 있었습니다. 내 생각에는 아마도 표본들 사이에서 폭발이 일어나 그렇게 된 것 같았습니다. 다른 전시실에는 수많은 우상들이 ─폴리네시아, 멕시코, 그리스, 페니키아 그리고 내가 생각할 수 있는 지상의 모든 나라의 우상들이─ 진열되어 있었습니다. 그리고 여기에서 나는 억누를 길 없는 충동에 굴복해, 특히 내 마음을 사로잡은 남아메리카의 동석*으로 된 괴물의 코에 내 이름을 적고 말았습니다.

저녁이 되면서 나의 관심도 줄어들었습니다. 나는 이 전시실에서 저 전시실로 옮겨 다녔는데, 먼지가 쌓여 있고 고요했으며 종종 폐허처럼 된 전시실이 있는가 하면 전시물이 그저 녹이나 갈탄 더미에 불과한 곳도 있었고 때로는 말쑥한 곳도 있었습니다. 한 전시실에서 나는 문득 주석 광산 모형 옆에 서 있었습니다. 그때 정말 우연히도 밀폐된 유리 상자 안에서 다이너마이트 탄약통 두 개를 발견했지 뭡니까! 나는 "유레카!" 하고 소리치

---

* 질이 좋고 모양이 좋은 활석의 한 종류로, 조각의 재료로 많이 사용된다.

고는 기쁜 마음으로 그 상자를 부수었습니다. 그런데 문득 의문
이 들어 잠시 머뭇거렸습니다. 그래서 옆쪽에 있는 조그만 전시
실을 택해 그곳에서 시험해 보았습니다. 5분, 10분, 15분을 기
다리고도 다이너마이트가 폭발하지 않자 나는 지금껏 느껴 보지
못한 크기의 실망감을 느꼈습니다. 전시실에 있는 것만으로도
짐작할 수 있었을 텐데, 당연히 그 다이너마이트는 모형이었습
니다. 그것이 모형이 아니었더라면 나는 분명 곧바로 그 자리를
급히 떠나 스핑크스와 청동문을 날려 버렸을 것입니다. 그러면
(이건 나중에 알게 된 사실입니다만) 나의 타임머신을 찾을 기회
마저 날려 버려 모든 것이 다 함께 완전히 존재하지 않게 되었겠
지요.

　바로 그 후에 우리는 그 궁전 안의 작은 안마당으로 갔습니
다. 잔디가 깔려 있었고 과일 나무가 세 그루 있었습니다. 그래
서 그곳에서 쉬면서 과일을 먹으며 기운을 되찾았습니다. 해 질
무렵, 나는 우리가 처한 상황에 대해 곰곰이 생각하기 시작했습
니다. 밤이 우리를 향해 슬금슬금 다가오고 있는데도 몰록들의
접근이 불가능한 은신처는 아직 찾지 못한 상태였습니다. 하지
만 이제 그건 별로 고민거리가 되지 않았습니다. 몰록에 맞설 최
고의 방어책이 내게는 있었습니다. 바로 성냥이 있었지요! 또한
내 호주머니에는 불빛이 필요할 경우에 쓸 수 있는 장뇌도 있었
습니다. 내 생각에 우리가 할 수 있는 최선은 불의 보호를 받으
며 탁 트인 곳에서 밤을 보내는 일인 것 같았어요. 다음 날 아침

이면 타임머신을 되찾을 예정이었지요. 그런데 아직 내게는 철퇴처럼 쓸 레버밖에 없었습니다. 하지만 이제는 점점 아는 것이 많아져서 청동문에 대한 느낌도 예전과는 아주 많이 달랐어요. 지금껏 내가 청동문을 강제로 열지 않은 주된 이유는 청동문 저편이 비밀에 싸여 있었기 때문이었지요. 그리고 지금까지 살펴본 바로는 청동문이 그리 튼튼해 보이지는 않았으므로, 나는 그 쇠막대기만으로 청동문을 거뜬히 열 수 있기를 바랐습니다. 내가 구한 쇠막대가 그 일에 전적으로 부적합하지 않기를 바랐습니다.

9

우리는 태양의 일부가 아직 지평선 위에 걸쳐 있을 때 그 궁전에서 나왔습니다. 다음 날 아침 일찍 하얀 스핑크스 조각상에 도달하기로 하고, 땅거미가 지기 전에 지난번 여정에서 나를 가로막았던 숲을 통과하려고 작정했습니다. 나의 계획은 그날 밤 최대한 멀리까지 가는 것이었습니다. 그런 뒤 모닥불을 피우고 모닥불 불빛의 보호 속에서 잠을 자는 것이었지요. 따라서 우리는 길을 가는 동안 나뭇가지나 마른 풀을 보이는 대로 주워 모았고, 이내 그것들로 두 팔이 가득 찼습니다. 그것들을 안고 가다 보니, 우리는 내가 예상했던 것보다 훨씬 느리게 길을 가게 되었습니다. 게다가 위나는 지치기까지 했습니다. 그리고 나 역시도 졸음이 쏟아져서 힘들어지기 시작했고요. 그리하여 우리가 숲에 도착하기도 전에 캄캄한 밤이 되어 버렸습니다. 우리 앞에 펼쳐진 어둠이 무서워서 위나는 숲 가장자리의 관목이 무성한 언덕에서 멈추고 싶었을 것입니다. 하지만 재난이 곧 닥칠 듯한 기묘한 느낌이 내게 경고했고, 나를 앞으로 나아가게 이끌었습니다. 나는 1박 2일 동안 잠을 자지 않은 터라 미열이 있고 예민한 상태였습니다. 졸음이 몰려왔고, 몰록들도 졸음과 함께 몰려오는 느낌이 들었습니다.

우리가 망설이고 있는 동안, 우리 뒤의 검은 덤불 속에서 까만 어둠을 배경으로 웅크리고 있는 세 개의 형체가 흐릿하게 보였습니다. 주위에는 관목과 길게 자란 풀이 사방으로 펼쳐져 있어서, 나는 그것들이 몰래 다가올까 봐 안심이 되지 않았습니다. 내가 계산하기로 숲은 너비가 1.5킬로미터 남짓 되어 보였습니다. 우리가 숲을 빠져나가 나무 한 점 없이 그냥 노출된 비탈로 갈 수만 있다면 훨씬 더 안전한 휴식처가 있을 것 같았습니다. 성냥과 장뇌를 갖고 있으니 숲을 빠져나가는 동안 어떻게든 계속 길을 밝힐 수 있을 거라고 나는 생각했습니다. 하지만 두 손으로 성냥을 흔들어 대려면 분명 땔감을 버려야만 했습니다. 그래서 나는 마지못해 땔감을 내려놓았습니다. 그리고 땔감에 불을 붙여 뒤따르고 있는 녀석들을 놀라게 해 주자는 생각이 들더군요. 그것이 얼마나 형편없고 어리석은 짓인지 나중에 깨닫게 되었지만, 그때 나는 퇴각하는 우리를 엄호해 줄 기발한 조치라고 생각했습니다.

사람도 없고 날씨도 온화한 곳에서는 불꽃이 아주 보기 드문 것이란 생각을 한 적 있는지 모르겠군요. 태양열이 강하지 않아서 가끔 열대 우림에서 발화되는 경우처럼 이슬방울에 초점이 모여도 불은 붙지 않았습니다. 벼락이 쳐서 시커멓게 태워 버릴 순 있지만 크게 불을 일으키는 일은 좀처럼 없었지요. 썩어 가는 식물이 때때로 발효열을 낼 수는 있지만 불꽃을 내는 경우는 거의 없었습니다. 또한 그런 인류의 쇠퇴기에 불을 피우는 기술은 지상에서 완전히 잊혀져 있었습니다. 땔감 더미를 혀로 핥듯이 몽땅 태우고 있는 시뻘건 불꽃은 위나에게 완전히 새롭고 낯선 것이었습니다.

위나는 불쪽으로 달려가 불을 갖고 놀고 싶어 했습니다. 내가 그녀를 저지하지 않았다면, 그녀는 불속으로 뛰어들었을 것입니다. 하지만 나는 위나를 따라잡아 버둥거리는 그녀를 꼭 붙잡아 안아 들고는 숲속으로 과감히 뛰어들었습니다. 얼마간은 내가 피운 모닥불의 불빛이 길을 비춰 주었습니다. 잠시 후 뒤를 돌아보자, 불은 빽빽한 줄기 사이로 내가 쌓아 놓았던 장작더미 인근의 어떤 덤불로 옮겨 붙더니 곡선을 그리며 언덕의 풀밭으로 서서히 번져 갔습니다. 나는 그 광경에 소리 내어 웃고는 다시 앞의 어두운 나무숲 쪽으로 몸을 돌렸습니다. 그곳은 칠흑같이 어두웠고 위나는 내게 필사적으로 매달렸습니다. 하지만 눈이 어둠에 익숙해지자 나무줄기를 피할 정도로 빛이 충분히 있었습니다. 머리 위는 그야말로 깜깜했지만, 저 멀리 나무 틈새로 푸른 하늘빛이 스며들어 여기저기에서 우리를 비춰 주고 있었습니다. 나는 양손이 자유롭지 않아 성냥을 한 개비도 켜지 못했습니다. 왼팔로는 나의 사랑스런 위나를 안고 있었고, 오른손으로는 쇠막대를 들고 있었던 것입니다. 얼마 동안은 내 발밑에서 나뭇가지가 탁탁거리는 소리, 머리 위로 산들바람이 희미하게 바스락거리는 소리, 나 자신의 숨소리, 내 귓속 혈관의 고동소리 말고는 아무 소리도 들리지 않았습니다. 그러다가 주위에서 타닥타닥하는 소리가 들리는 것 같았습니다. 나는 단호하게 계속 길을 갔습니다. 타닥타닥하는 소리가 점점 더 뚜렷해지더니 내가 지하 세계에서 들은 것과 똑같은 기묘한 소리와 목소리들이 들리더군요. 몰록 여럿이 나를 향해 점점 더 가까이 다가오고 있는 게 분명했습니다. 실제로 다음 순간, 별안간 뭔가가 내 윗옷을 잡아당겼고 내 팔에도 뭔가 닿아 오는 게 느껴졌습니다. 위나는 격렬히 몸을 떨더니 아주 조용해졌습니다.

성냥을 켜야 할 때였습니다. 하지만 성냥을 켜려면 위나를 내려놓아야 했습니다. 그래서 위나를 내려놓고 호주머니를 뒤지는 동안, 내 무릎 주위의 어둠 속에서 몸싸움이 시작됐습니다. 위나는 아무 소리도 내지 않았지만 몰록들은 하나같이 비둘기 울음소리 같은 기묘한 소리를 내고 있었습니다. 또한 부드럽고 작은 손들이 내 윗옷과 등 위로 살금살금 타고 올라와 내 목까지 만졌습니다. 그 순간 나는 성냥을 긁었고 쉬익 하는 소리를 내며 성냥에 불이 붙었습니다. 활활 타는 성냥불을 들자 나무 사이로 도망치는 몰록들의 하얀 등이 보였습니다. 나는 서둘러 장뇌 한 덩어리를 호주머니에서 꺼내 성냥불이 약해지자마자 곧바로 장뇌에 불을 붙일 수 있도록 준비했습니다. 그러고는 위나를 바라봤습니다. 그녀는 내 발을 꽉 움켜진 채 미동도 없이 얼굴을 땅에 대고 엎드려 있었습니다. 갑작스런 공포에 몸을 굽혀 위나를 살펴보았습니다. 그녀는 간신히 숨을 쉬고 있는 것 같았습니다. 나는 장뇌 덩어리에 불을 붙여 땅바닥으로 휙 내던졌습니다. 장뇌 덩어리가 불꽃을 내뿜으며 확 타올랐고, 몰록들과 그림자들이 물러나자 나는 꿇어앉아 위나를 안아 올렸습니다. 뒤쪽의 숲속은 수많은 몰록 무리가 동요하여 소곤거리는 소리로 가득한 것 같았습니다!

위나는 기절한 듯이 보였습니다. 나는 위나를 조심스레 내 어깨에 둘러메고 계속해서 길을 가려고 일어서다가 끔찍한 사실을 깨달았습니다. 성냥과 위나를 번갈아 다루며 여러 번 몸을 돌리다 보니 이제는 내가 가야할 길이 어느 방향인지 전혀 알 수 없었습니다. 아마도 초록색 자기 궁전 쪽으로 되돌아섰을지도 모르는 일이었습니다. 식은땀이 흘렀습니다. 어떻게 해야 할지 어서 생각해야 했습니다. 나는 우리가 있는 그 자리에 모닥불을 피우고 야영을 하기로 결정했습니다. 여전히 미동도 없는 위나를 잔디로 덮인 나무줄기에 내려놓은 뒤, 아까 처음으로 지핀 장뇌 덩어리의 불빛이 약해지고 있었기에 아주 서둘러 나뭇가지와 나뭇잎을 모으기 시작했습니다. 주위의 어둠속 여기저기에서 몰록들의 눈이 석류석처럼 빛났습니다.

장뇌가 깜박거리다가 꺼져 버렸습니다. 나는 성냥을 켰습니다. 그러자 위나에게 접근하고 있던 하얀 형체 둘이 허둥지둥 달아났습니다. 형체 하나는 불빛에 눈이 부셔 앞이 안 보이는 나머지 곧장 내 쪽으로 왔는데, 내가 주먹을 휘두르자 놈의 뼈가 으스러진 것 같았습니다. 놈은 당황한 끝에 아악 소리를 내지르며 조금 비틀거리다가 쓰러졌습니다. 나는 다른 장뇌 덩어리에 불을 붙이고는 계속해서 땔감을 줍기 시작했습니다. 이내 나는 머리 위의 나뭇잎 일부가 굉장히 말랐다는 사실을 알아챘습니다. 타임머신을 타고 그곳에 도착한 후로 약 일주일 동안 비가 전혀 내리지 않았기 때문이었지요. 그래서 떨어진 나뭇가지를 찾아 나무 사이를 이리저리 다니는 대신, 나는 껑충 뛰어올라 나뭇가지를 아래로 끌어내리기 시작했습니다. 이내 생나무와 마른나무로 숨 막힐 듯 연기 자욱한 불을 피워 장뇌를 아낄 수 있게 되었습니다. 그런 뒤 내 철퇴 옆에 누워 있는 위나 쪽으로 몸을 돌렸습니다. 그녀를 회복시키기 위해 내가 할 수 있는 일은 다 해 봤지만 그녀는 죽은 사람처럼 누워 있었습니다. 나는 심지어 그녀가 숨을 쉬는지 아닌지조차 확실히 알 수 없었습니다.

그런데 모닥불 연기가 내 쪽으로 몰려들자 갑자기 눈꺼풀이 무거워졌습니다. 게다가 장뇌의 증기는 공기 중을 떠돌고 있었지요. 모닥불도 한 시간 정도는 땔감을 더 보충하지 않아도 될 것 같았습니다. 나는 격렬히 움직인 뒤라 무척 피곤해서 땅바닥에 털썩 주저앉았습니다. 숲은 내가 알아듣지 못하는 소곤거리는 소리로 가득해 더욱 졸음이 몰려왔습니다. 나는 잠시 잠깐 고개를 꾸벅거리다가 눈을 떴다고 생각했습니다. 하지만 사방이 캄캄했고 몰록들은 내 몸에 손을 대고 있었습니다. 자꾸만 들러붙는 놈들의 손을 뿌리치며 나는 서둘러 성냥갑을 찾아 호주머니를 뒤졌습니다. 그런데 성냥갑이 없었어요! 바로 그 순간 그들이 다시 나를 움켜잡고 내 옆으로 다가왔습니다. 곧바로 나는 무슨 일이 벌어졌는지 알아차렸습니다. 내가 깜박 잠들어 버렸는데, 그사이 모닥불이 꺼져 버리고 쓰라린 죽음의 기운이 내 영혼을 덮친 것이었습니다. 숲은 나무 타는 냄새로 가득했습니다. 몰록들이 내 목과 머리털, 팔을 붙잡고 끌어당겼습니다. 어둠 속에서 그 부드러운 놈들이 무더기로 나를 덮치는 느낌은 이루 말할 수 없을 정도로 끔찍했습니다. 그건 마치 무시무시한 괴물의 거미줄에 걸린 듯한 기분이었습니다. 나는 제압당해 쓰러지고 말았습니다. 작은 이빨이 내 목을 물어뜯는 게 느껴졌습니다. 내가 몸을 굴리자 내 손에 쇠 레버가 닿았습니다. 그러자 나는 힘이 솟았습니다. 나는 버둥거려 인간 쥐들을 떨쳐 내며 일어났습니다. 쇠막대를 짧게 쥐고는 놈들의 얼굴이 있을 것으로 생각되는 곳에 대고 마구 휘둘렀습니다. 내가 휘두르자 놈들의 살과 뼈가 다육 식물처럼 터지고 으깨지는 것을 느낄 수 있었습니다. 그리하여 나는 짧은 순간이나마 자유로워졌습니다.

격렬한 싸움 뒤에 흔히 뒤따르는 기묘한 환희가 나를 찾아왔어요. 나도 위나도 이제 죽은 목숨이라는 것을 알았지만 몰록들이 고기값에 대한 대가를 치르게 만들어야겠다고 굳게 마음먹었지요. 나는 나무에 등을 대고 서서 쇠막대를 앞으로 휘둘렀습니다. 숲 전체가 몰록들이 동요하고 울부짖는 소리로 가득했습니다. 1분이 지났습니다. 몰록들의 흥분한 목소리는 더욱더 높아지는 것 같았고 움직임도 점점 더 빨라졌습니다. 하지만 아무도 쇠막대가 닿는 거리 내로 들어오지는 않았습니다. 나는 어둠을 노려보며 서 있었습니다. 그때 불쑥 희망이 찾아왔습니다. 몰록들이 겁에 질린 거라면? 그런 희망적인 생각이 든 뒤 곧바로 이상한 일이 일어났어요. 어둠이 차츰 밝아지는 것 같았지요. 아주 희미하게 내 주위의 몰록들이 보이기 시작했습니다. 몰록 셋이 발밑에 쓰러져 있더군요. 그런 뒤 다른 몰록들이 내 뒤에서부터 끊임없이 쏟아져 나와 앞의 숲속으로 멀리 달아나고 있는 것을 알고는 소스라치게 놀랐습니다. 그리고 그들의 등은 이제 더 이상 하얗지 않고 불그스름했습니다. 내가 입을 딱 벌리고 서 있을 때, 나는 나뭇가지들 사이의 별빛이 비치는 틈을 가로질러 떠다니다가 사라지는 작고 빨간 불똥들을 보았습니다. 그제야 나무 타는 냄새가 나는 이유와 이제는 거센 아우성으로 커져 가고 있는 졸음을 부르는 소곤거리는 소리와 붉은 불빛, 몰록들이 달아나는 이유를 알게 되었습니다.

등지고 있던 나무에서 걸어 나와 뒤를 돌아보니 근처 나무들의 검은 기둥 사이로 타오르는 숲의 불길이 보였습니다. 내가 처음 피웠던 불이 나를 쫓아오고 있었던 것입니다. 그 불빛이 비추는 가운데 위나를 찾아봤지만 그녀는 사라지고 없었습니다. 내 뒤에서 쉭쉭거리고 타닥거리는 소리, 새로운 나무에 불이 확 붙을 때마다 펑 하고 울리는 폭발음을 들으니 곰곰이 생각하고 있을 겨를이 없었습니다. 나는 여전히 쇠막대를 움켜쥔 채로 몰록들을 따라갔습니다. 그야말로 접전이 벌어졌습니다. 한번은 내가 달려가는데 불꽃이 나의 오른쪽에서 아주 빠르게 앞으로 번지는 바람에 내 나름대로 머리를 써서 왼쪽으로 방향을 확 틀었습니다. 그러다가 마침내 나는 작은 공터로 빠져나왔습니다. 그리고 내가 공터로 나올 때, 몰록 하나가 내 쪽으로 비틀거리며 오더니 나를 지나쳐 곧장 불속으로 뛰어드는 게 아니겠어요!

그런 뒤 나는 그 미래 시대에서 내가 본 것 가운데 가장 기괴하고 끔찍한 광경을 보게 되었습니다. 그곳 전체가 숲에 난 불이 반사하는 빛으로 대낮처럼 환했습니다. 공터 정중앙에는 불에 탄 산사나무 한 그루가 서 있는 작은 동산 내지 봉분으로 보이는 것이 있었습니다. 그 너머로 숲에 난 불이 노란 혀를 날름거리며 꿈틀꿈틀 나아가 공터를 불 울타리를 친 것 마냥 팔을 뻗어 완전히 에워싸고 있었습니다. 언덕 비탈에는 열기와 빛에 눈이 부신 몰록 삼사십 명이 앞이 안 보여서 당황하는 바람에 여기저기에서 서로 부딪치고 있었습니다. 처음에 나는 그들이 앞이 보이지 않는다는 사실을 알지 못하고 그들이 다가오면 미칠 듯한 공포에 사로잡힌 나머지 쇠막대를 맹렬하게 휘둘러 한 놈을 죽이고 여러 놈을 불구로 만들었습니다. 하지만 몰록 가운데 하나가 붉은 하늘을 배경으로 산사나무 아래를 손으로 더듬는 몸짓을 보고 그들의 신음소리를 듣고 난 뒤에는 몰록들이 환한 빛 속에서는 완전히 무력하고 비참한 상태라는 것을 확신하여 더 이상 그들을 쇠막대로 때리지 않았습니다. 하지만 가끔은 공포심에 덜덜 떨면서도 곧장 내 쪽으로 다가오는 놈이 있으면 재빨리 피했습니다. 한번은 불길이 어느 정도 잦아드는 바람에 그 역겨운 녀석들이 금방이라도 나를 볼 수 있게 될까 봐 걱정스러웠습니다. 그런 일이 벌어지기 전에 몇 놈을 죽여 싸움을 시작해 볼까 하는 생각도 했습니다. 하지만 불길이 다시 환하게 타오르자 나는 행동을 자제했습니다. 나는 몰록들로 가득한 언덕에서 그들을 피해 돌아다니며 위나의 흔적을 찾았습니다. 하지만 위나는 어디에도 보이지 않았습니다.

마침내 나는 작은 동산 꼭대기에 올라앉아 이 기묘하고 믿기 힘든, 그들 위로 내리쬐는 불빛으로 인해 눈 먼 무리들이 이리저리 더듬으며 서로 기괴한 소리를 주고받는 모습을 지켜보았습니다. 동그랗게 휘감겨 위로 치솟는 연기가 하늘을 가로질러 이리저리 흔들리고, 붉은 하늘의 몇 안 되는 틈새로 저 멀리 다른 우주에 속한 작은 별들이 빛났습니다. 몰록 두세 녀석이 비틀거리며 내게로 다가와 나는 벌벌 떨면서 주먹을 날려 그 녀석들을 물리쳤습니다.

그날 밤의 대부분을 나는 악몽이라고 믿었습니다. 나는 입술을 깨물고 악몽에서 깨어나고 싶은 간절한 마음에 비명을 질렀습니다. 두 손으로 땅바닥을 치고 일어났다 다시 앉았다가 여기 저기를 돌아다니다가 다시 앉고는 했습니다. 그런 뒤 눈을 비비고 하느님께 꿈에서 깨어나게 해 달라고 빌기 시작했습니다. 몰록들이 고통스러워 고개를 숙인 채 불길 속으로 뛰어드는 것도 세 번 정도 보았습니다. 하지만 마침내 점점 가라앉고 있는 붉은 불빛 위로, 하늘을 가로질러 이리저리 흔들리는 시커먼 연기 덩어리 위로, 하얘지거나 검어지고 있는 나무 그루터기 위로, 점차 수가 줄어들고 있는 몰록들의 흐릿한 형체 위로, 하얀 새벽빛이 다가왔습니다.

나는 다시 위나의 흔적을 찾았지만 위나의 흔적은 전혀 남아 있지 않았습니다. 그놈들이 가엾은 위나의 작은 시신을 숲속에 내버려 두고 간 게 분명했습니다. 그래도 위나의 시신이 몰록들의 먹잇감이 되는 끔찍한 운명은 피했다고 생각하니 얼마나 위안이 되었는지, 말로 표현할 수 없었습니다. 그것에 대해 생각하자 내 주위에 쓰러져 있는 혐오스러운 녀석들을 대량 학살할 뻔했지만 가까스로 참았습니다. 이미 여러분에게 말했듯 작은 동산은 숲속에 있는 일종의 섬이었습니다. 그 동산의 꼭대기에서 나는 이제 희부연 연기 사이로 초록색 자기 궁전을 알아볼 수 있었습니다. 그리고 하얀 스핑크스를 기준으로 나의 위치도 알 수 있었습니다. 그래서 날이 점점 밝아 오자, 아직도 여기저기 돌아다니며 신음하고 있는 그 지긋지긋한 남은 영혼들을 냐두고 떠나기로 했습니다. 발에 풀을 동여매고 연기 나는 재와 여전히 열기가 일렁거리는 시커먼 나무줄기 사이를 가로질러 절뚝거리며 지나 타임머신이 숨겨진 장소로 향했습니다. 나는 다리를 절뚝거리는 데다 거의 기진맥진한 상태였기 때문에 천천히 걸어갔습니다. 그리고 사랑스런 위나의 끔찍한 죽음에 정말 비통한 마음이 들었습니다. 그것은 너무나도 압도적인 재앙 같았습니다. 그런데 지금은 이 오래되고 익숙한 방에 와 있으니, 그녀를 잃은 일이 실제로 일어난 것 같지 않고 오히려 슬픈 꿈을 꾼 것만 같군요. 하지만 그날 아침 나는 또다시 완전히 혼자가 되었습니다. 끔찍할 정도로 지독하게 외로웠지요. 나는 이 집과 이 난롯가와 여러분 몇몇에 대해 생각하기 시작했고, 그런 생각과 함께 고통스런 갈망이 찾아왔습니다.

하지만 밝은 아침 햇살 아래 연기 나는 잿더미 위를 걸어가던 때, 나는 한 가지를 발견했습니다. 내 바지 주머니에 쓰지 않은 성냥이 여러 개비 있었던 것입니다. 틀림없이 성냥갑을 잃어버리기 전에 몇 개비가 빠져나온 듯했습니다.

10

아침 여덟 시나 아홉 시 무렵 나는 미래 세계에 도착하던 날 저녁에 그 세계를 둘러볼 때 앉았던 것과 똑같은 노란 금속 의자에 이르렀습니다. 그날 저녁 성급하게 내린 결론에 대해 생각하자 씁쓸한 웃음을 짓지 않을 수 없었습니다. 그곳에는 지난번과 마찬가지로 아름다운 풍경, 잎이 무성한 나무들, 훌륭한 궁전과 거대한 폐허, 비옥한 둑 사이를 흐르는 은빛 강이 있었습니다. 화려한 옷차림의 아름다운 사람들이 나무 사이에서 이리저리 돌아다녔습니다. 어떤 이들은 내가 위나를 구했던 바로 그곳에서 멱을 감고 있었습니다. 그 모습에 나는 날카롭게 찌르는 듯한 고통을 느꼈습니다. 그리고 지하 세계로 내려가는 통로인 우물에는 둥근 지붕들이 그 풍경 위에 화살처럼 솟아 있었습니다. 나는 그제야 지상 세계 사람들의 모든 아름다움의 이면에 무엇이 감춰져 있는지 알게 되었습니다. 들판에 있는 소들의 낮이 즐거운 것처럼 그들의 낮은 무척 즐거웠습니다. 소들처럼 그들도 적에 대해 알지 못했고 만일의 경우에 대비할 필요도 없었습니다. 그리고 그들의 최후도 소들의 최후와 똑같았습니다.

인간의 지적 능력이 만들어 낸 꿈이 얼마나 덧없는 것인가 하고 생각하니 몹시 슬펐습니다. 인간의 지적 능력은 자멸한 상태였습니다. 인간의 지적 능력은 안락하고 편안한 방향으로, 즉 그것이 좌우명으로 삼은 안전성과 영속성이 균형을 이룬 사회로 확고부동하게 나아갔습니다. 그리하여 인간의 지적 능력은 바라던 바를 이뤘고 마침내 여기 도달했던 것입니다. 한때는 생명과 재산이 거의 절대적으로 안전하게 지켜졌을 게 분명합니다. 부자들은 자신의 부와 안락을 보장받았고, 노동자들은 자신의 생명과 일을 보장받았을 것입니다. 분명 그 완벽한 세계에서는 실업 문제도, 해결되지 않은 채로 남은 사회 문제도 없었을 것입니다. 그리하여 엄청난 평온이 뒤따라 찾아왔습니다.

지적인 다재다능함이 변화와 위험 그리고 불편을 겪는 데 대한 보상이라는 것은 우리가 간과하는 자연의 법칙입니다. 환경과 조화를 이루는 동물은 완벽한 기계 장치와 같습니다. 습성과 본능이 쓸모없어지고 나서야 자연은 지력에 호소하기 마련입니다. 변화가 없는 곳이나 변화할 필요가 없는 곳에는 지력도 없는 법입니다. 다양한 필요와 위험에 직면해야 하는 동물들만이 지력을 지니지요.

그러므로 내가 보기에 지상 세계의 사람들은 연약하고 예쁜 쪽으로 나아가게 되었고, 지하 세계의 사람들은 그저 기계 공업 쪽으로만 나아가게 됐던 것입니다. 하지만 그 완벽한 상태가 기계적으로도 완벽해지기 위해서는 한 가지가 더 필요했습니다. 그건 바로 절대적인 영속성이었지요. 아무래도 세월이 흐름에 따라 처음에는 원활했던 지하 세계 사람들의 식량 공급이 단절된 것 같았습니다. 수천 년간 자취를 감췄던 근원적 '필요성'이 다시 돌아와 지하에서 활동을 재개하였습니다. 지하 세계 사람들이 기계를 다루는 데 아무리 완벽할지라도 여전히 습성 외의 사고력을 조금이나마 필요로 했으며, 아마 지상 세계의 사람들보다 다른 모든 인격 면에서는 뒤처졌을지 몰라도 오히려 훨씬 더 필연적으로 창의적이었습니다. 그래서 다른 고기를 구할 수 없게 되자 지하 세계 사람들은 그때까지 오랜 습관이 금지해 왔던 고기로 눈길을 돌리게 됐던 것입니다. 앞서 말했듯 그것이 바로 802701년의 세상에서 내가 마지막으로 목격한 광경이었습니다. 이런 나의 추측은 일개 사람의 머리에서 나온 것이니만큼 완전히 잘못된 설명일지도 모릅니다. 하지만 나는 그렇게 생각했으므로 그 생각을 여러분에게 들려주는 것입니다.

지난 며칠 동안 피로와 흥분과 공포에 시달린 뒤여서, 깊은 슬픔에도 불구하고 나는 그렇게 자리에 앉아서 고요한 경치를 보고 따뜻한 햇살을 받는 게 무척 즐거웠습니다. 몹시 피곤하고 졸렸던 터라 이론을 세우다가 이내 꾸벅꾸벅 졸기 시작했습니다. 내가 졸고 있다는 것을 알아차린 뒤에는 그냥 자자 싶어서 잔디밭에 몸을 쭉 뻗고 누워 심신을 상쾌하게 해 주는 긴 잠을 잤습니다.

해가 지기 조금 전 나는 잠에서 깼습니다. 이제 자다가 방심한 틈에 몰록들에게 습격당할 염려는 없었습니다. 나는 기지개를 켜고 언덕을 내려가 하얀 스핑크스 조각상 쪽으로 향했습니다. 한 손에는 쇠 레버를 들고 다른 손은 호주머니에 넣어 성냥을 만지작거렸습니다.

그런데 그때 전혀 예상치 못한 일이 일어나 있었습니다. 스핑크스의 받침대로 다가가 보니 청동 문짝이 열려 있었던 것입니다. 문짝이 아래의 홈 속으로 미끄러져 들어가 있더군요.

그 모습에 나는 청동문 앞에 갑자기 딱 멈춰 서서 들어갈까 말까 망설였습니다.

안에는 작은 방이 하나 있고, 그 방 한쪽 구석의 조금 높은 곳에 타임머신이 놓여 있었습니다. 타임머신의 작은 레버들은 내 호주머니에 들어 있었습니다. 하얀 스핑크스 조각상을 공략하기 위해 내가 얼마나 공들여 준비했는데, 그렇게 간단히 항복해 버리다니요. 나는 쇠막대를 내던져 버렸습니다. 그걸 사용하지 않게 되다니 거의 유감스럽기까지 했지요.

몸을 숙이고 입구로 들어서는데 문득 어떤 생각이 머리에 떠올랐습니다. 적어도 이번만은 몰록들의 머릿속 생각을 파악했지요. 터져 나오려는 웃음을 간신히 참으며 청동 문틀을 지나 타임머신 쪽으로 갔습니다. 타임머신이 정성 들여 기름칠되어 있고, 깨끗하게 손질되어 있어서 깜짝 놀랐습니다. 그때 이후로 몰록들이 타임머신의 용도를 파악하기 위해 서투르게나마 그들 나름대로 부분적인 분해를 해 본 게 아닐까 하는 의심이 들더군요.

그곳에 서서 타임머신을 만지는 것만으로 기뻐하며 살펴보고 있을 때, 내가 예상했던 일이 일어났습니다. 청동문이 갑자기 스르르 밀리더니 쾅 하는 소리와 함께 문틀이 닫혔습니다. 어둠 속에 갇히고 만 것입니다. 아무튼 몰록들은 내가 갇혔다고 생각했겠지요. 그 생각에 나는 신이 나서 낄낄 웃었습니다.

내게로 다가오는 몰록들의 속삭이는 듯한 웃음소리를 벌써 들을 수 있었습니다. 나는 아주 차분하게 성냥을 그으려 했습니다. 레버들을 타임머신에 다시 끼우고 유령처럼 떠나기만 하면 됐습니다. 하지만 나는 한 가지 사소한 문제를 간과했습니다. 그 성냥은 성냥갑이 있어야만 불을 켤 수 있는 그런 끔찍한 종류였습니다.

내게서 평온함이 완전히 사라져 버렸단 건 여러분도 상상할 수 있을 테지요. 그 작은 짐승들이 나와 아주 가까이에 있었습니다. 한 놈이 나를 건드리더군요. 나는 어둠 속에서 그놈들에게 레버를 크게 한 방 휘두르고는 재빨리 타임머신의 안장으로 올라가기 시작했습니다. 바로 그 순간 손 하나가 나를 덮쳤고, 곧이어 또 다른 손이 나를 잡아챘습니다. 그런 뒤에는 레버를 낚아채려는 끈질긴 손가락들에 맞서 싸우면서 동시에 레버를 끼워야

하는 곳을 손으로 더듬으며 찾았습니다. 실제로 레버 하나는 하마터면 뺏길 뻔했습니다. 그 레버가 내 손에서 빠져나가려는 순간 나는 그것을 되찾으려고 어둠속에서 머리로 들이받았습니다. 그러자 몰록의 두개골이 울리는 소리가 나더군요. 그 최후의 쟁탈전은 숲속에서 벌였던 싸움보다 더 아슬아슬한 상황을 연출했던 것 같습니다.

하지만 마침내 레버를 끼우고 잡아당겼습니다. 내게 달라붙은 손들이 미끄러지듯 떨어져 나갔습니다. 이윽고 어둠이 내 눈앞에서 걷혔습니다. 나는 어느새 앞서 이미 설명했던 것과 똑같은 회색빛 소용돌이 속으로 빠져들었습니다.

11

시간 여행에 따르는 메스꺼움과 혼란에 대해서는 이미 여러분께 말했지요. 그리고 이번에는 안장에 제대로 앉지도 못하고 옆으로 불안정하게 앉은 상태였습니다. 무한한 시간 동안 어디로 가고 있는지 전혀 신경 쓰지 못한 채, 나는 타임머신이 흔들리고 진동하는 대로 매달려 있었습니다. 다시 문자판을 쳐다보게 됐을 때 내가 어디에 와 있는지 알고는 깜짝 놀랐습니다. 한 문자판은 날짜의 일 단위를, 다른 문자판은 천 일 단위를, 또 다른 문자판은 백만 일 단위를 나타냅니다. 그런데 내가 레버를 후진시키는 대신 잡아당기는 바람에 나는 전진하게 되었고, 내가 계기판을 보게 되었을 때는 천 일 단위를 기록하는 바늘이 시계의 초침만큼이나 빨리 돌며 미래로 향하고 있었습니다.

타임머신을 몰고 계속해서 나아가는 동안 주위에서 보이는 모습들에 서서히 특이한 변화가 일어났습니다. 고동치는 회색이 점점 어두워지더니 —나는 여전히 엄청나게 빠른 속도로 여행하고 있었습니다.— 낮과 밤이 깜박거리며 잇달아 바뀌는 것이 점점 더 또렷해졌습니다. 이것은 대개 속도가 느려지고 있다는 표시였습니다. 처음 나는 아주 많이 당황했습니다. 낮과 밤의 교대가 점점 더 느려지고 있었고 하늘을 가로지르며 태양이 통과하는 것도 점점 더 느려지더니 급기야 낮과 밤의 교대가 몇 세기에 걸쳐 진행되는 것 같았습니다. 마침내 한결같은 황혼이 땅을 고요히 뒤덮었습니다. 황혼은 가끔 혜성이 어스레한 하늘을 가로지르며 빛날 때에만 깨뜨려질 뿐이었습니다. 태양을 나타내는 빛의 띠는 이미 오래전에 사라지고 없었습니다. 더 이상 태양이 지지 않았기 때문이지요. 태양은 그저 서쪽 하늘에서 오르내리며 더 커지고 더 붉어질 뿐이었습니다. 달의 흔적도 모두 사라지고 없었습니다. 별들의 회전도 점점 더 느려져, 기어가는 듯한 빛의 점으로 대체되었습니다. 마침내 타임머신을 멈추기 조금 전에 이르러 거대한 붉은 태양은 지평선상에 정지하여 꼼짝도 하지 않았는데, 뿌연 연기를 내며 빛나다가 가끔 순간적으로 꺼지곤 하는 거대한 둥근 지붕 같았습니다. 한번은 잠깐 동안 다시 찬란하게 빛났지만 금방 음침한 붉은빛으로 돌아가 버리더군요. 태양이 뜨고 지는 속도가 느려진 것으로 보아 조석력의 작용이 끝났다는 사실을 알아차렸습니다. 지구가 한쪽 면을 태양을 향한 채 멈춰 섰던 것입니다. 지금 우리 시대에 달이 지구를 향하고 있는 것처럼 말이지요. 거꾸로 추락했던 지난번이 떠올라서 이번에는 아주 조심스럽게 레버를 반대쪽으로 밀기 시작했습니다. 계기판 바늘들의 회전 속도가 점점 느려지면서 마침내 날짜의 천 일 단위 바늘이 움직이지 않는 것 같았고, 일 단위의 바늘은 눈금이 뿌옇게 되어 더 이상 보이지 않았습니다. 계속해서 속도를 더 늦추자 적막한 해변의 흐릿한 윤곽이 눈에 보였습니다.

나는 무척 부드럽게 타임머신을 멈추고 타임머신에 앉은 채 주위를 둘러보았습니다. 하늘은 더 이상 푸르지 않았습니다. 북동쪽 하늘은 새까맸고 그 어둠 속에서 창백한 하얀 별들이 끊임없이 밝게 빛났습니다. 머리 위의 하늘은 짙은 적갈색으로 별 한 점 없었습니다. 그리고 남동쪽 하늘이 점점 밝아지면서 불타는 듯한 진홍색으로 변했습니다. 그곳에서는 붉은 태양이 지평선에 잘려 거대한 꼭지만 드러낸 채 꼼짝도 하지 않았습니다. 내 주위의 바위들은 눈에 거슬리는 불그스름한 색을 띠었고, 처음 눈에 띈 생명의 흔적은 남동쪽을 향해 불쑥 튀어나온 모든 부분을 덮은 강렬한 초록 식물이었습니다. 그것은 숲속의 이끼나 동굴의 지의류에서 볼 수 있는 것과 똑같은 진한 초록빛을 띠고 끊임없이 계속되는 황혼 속에서 자라는 그런 식물들이었습니다.

타임머신은 경사진 해변에 서 있었습니다. 바다는 남서쪽으로 멀리 뻗어 나가 어두침침한 하늘을 배경으로 선명하고 밝은 수평선과 맞닿아 있었습니다. 바람 한 점 일지 않아서 부서지는 파도도 물결도 없었습니다. 약간 번지르르한 너울만이 일었다가 온화한 숨결처럼 사그라져 영원한 바다가 아직도 움직이며 살아 있음을 보여 주었지요. 그리고 때때로 물결이 부서지는 바닷가 에는 두꺼운 소금층이 생겨서 타는 듯이 붉은 하늘 아래에서 분 홍빛을 띠었습니다. 나는 머릿속에 중압감이 들면서 가쁘게 숨 을 쉬고 있었습니다. 그런 느낌이 들자 딱 한 번 해 봤던 등산이 떠오르더군요. 그 사실로 판단컨대 지금 우리 시대보다 공기가 좀 더 희박한 모양이었습니다.

황량한 비탈 위 저 멀리에서 귀에 거슬리는 비명 소리가 들리 더니 거대한 하얀 나비 같은 것이 비스듬히 날개를 펄럭이며 하 늘 위로 날아올라 빙빙 돌고는 낮은 언덕 너머로 사라졌습니다. 그 나비 같은 것의 소리가 어찌나 음울하던지 나는 몸을 덜덜 떨 며 타임머신에 더 딱 달라붙어 앉았습니다. 다시 주위를 둘러보 니, 내가 좀 전에 불그스름한 바위덩어리라고 생각했던 것이 아 주 가까이에서 내 쪽을 향해 천천히 움직이고 있더군요. 그 순 간 나는 그것이 실은 거대한 게처럼 생긴 생물이란 걸 알게 되었 지요. 지금 저기 있는 탁자만큼이나 커다란 게가 여러 개의 발로 움직이는지 아닌지도 잘 모를 정도로 천천히, 커다란 집게발을 흔들고 짐마차꾼의 채찍처럼 긴 더듬이를 휘젓고 더듬으면서, 금속으로 된 얼굴 양옆의 눈자루 끝에 달린 번득이는 눈으로 노 려보며 다가오는 모습을 여러분은 상상이나 할 수 있겠습니까? 그것의 등에는 물결 모양의 골이 져 있고 볼품없는 돌기가 장식되어 있었으며 녹색을 띤 딱지가 여기저기에 덕지덕지 붙어 있었습니다. 움직일 때는 복잡한 입에 있는 수많은 촉수들을 실룩거리며 주위를 더듬었습니다.

나를 향해 기어 오고 있는 그 불길한 생물을 빤히 쳐다보고 있는데 마치 파리가 앉은 것처럼 뺨이 간지러웠습니다. 나는 그것을 손으로 털어 내려 했지만 금방 또 달라붙었고 거의 동시에 귓가에도 한 마리가 앉았습니다. 손바닥으로 내 뺨을 치자 뭔가 실 같은 게 잡혔습니다. 그것은 내 손을 재빨리 빠져나갔습니다. 갑자기 왠지 꺼림칙하고 오싹한 느낌이 들어 뒤를 돌아보자 바로 내 뒤에 서 있던 다른 괴물 게의 더듬이가 보였습니다. 그 게는 눈자루에 붙은 흉한 눈을 마구 굴리고, 입으로는 쩝쩝 입맛을 다시며 끈적끈적한 해조류가 묻은 꼴사나운 거대한 집게발로 나를 덮치려 하고 있었습니다. 순간적으로 나는 레버에 손을 올리고 한 달의 시간을 이동해 그 괴물에게서 벗어났습니다. 하지만 나는 여전히 바로 그 해변에 있었고 타임머신을 멈추자마자 이번에는 그들을 또렷이 알아보았습니다. 괴물 같은 그 게들 수십 마리가 흐린 빛 속에서 강렬한 초록 잎사귀들 사이를 여기저기 기어 다니고 있는 것 같았습니다.

그 세계를 뒤덮은 지독한 적막감은 도저히 표현할 길이 없군요. 붉은 동쪽 하늘, 캄캄한 북쪽, 염도 높은 사해*, 천천히 움직이는 불쾌한 괴물들로 우글우글한 돌투성이 해변, 독을 품은

---

* 염분 농도가 보통 바닷물보다 높아서 생물이 살 수 없는 바다.

것처럼 보이는 한결같은 녹색의 지의류 식물, 폐를 상하게 하는 희박한 공기, 이 모든 것들이 간담을 서늘케 하는 분위기를 자아 내는 데 기여하고 있었습니다. 나는 미래로 백 년을 더 이동했습니다. 조금 더 크고 흐릿했지만 그곳에도 똑같이 붉은 태양이 있었습니다. 그리고 똑같이 죽어 가는 바다와 쌀쌀한 공기 그리고 땅에 살면서 초록색 잡초와 붉은 바위 사이를 기어서 들락거리는 갑각류 무리도 있었습니다. 서쪽 하늘에는 거대한 초승달처럼 곡선을 이루는 엷은 선 하나가 보였습니다.

그렇게 나는 지구의 운명이 어떻게 되는지 궁금한 마음에 이끌려 한 번에 천 년 또는 그 이상을 훌쩍 뛰어넘어 이따금씩 멈춰 가며 시간 여행을 했습니다. 서쪽 하늘에서 태양이 더 크고 흐릿해지고 늙은 지구의 수명이 사그라져 가는 것을 묘하게 매료되어 지켜봤지요. 마침내 지금으로부터 3천만 년이 넘게 지나자 거대한 태양의 시뻘겋게 달궈진 둥근 머리가 어두워져 가는 하늘의 10분의 1쯤을 가렸습니다. 바로 그 순간 나는 타임머신을 한 번 더 멈췄습니다. 기어 다니던 수많은 게들도 사라지고 검푸른 초록 우산이끼와 지의류를 제외하면 붉은 해변에 생명체는 살지 않는 것처럼 보였기 때문입니다. 그리고 이제 그 해변에는 드문드문 하얀 얼룩처럼 보이는 것이 있었습니다. 혹독한 추위가 엄습했습니다. 보기 드문 하얀 눈송이가 가끔 소용돌이치듯 흩날렸습니다. 북동쪽으로는 흑담비색 하늘의 별빛을 받아 아래에 쌓인 눈이 눈부시게 반짝였고, 굽이치는 듯한 작은 언덕 마루가 분홍빛을 띤 하얀색으로 보였습니다. 바다의 가장자리를 따라 얼음이 띠를 둘렀고, 저 멀리 바다에도 얼음 덩어리들이 떠다녔습니다. 하지만 영원한 일몰 아래 온통 핏빛인 그 염도 높은 바다의 광활한 주요 영역은 아직 얼지 않은 상태였습니다.

혹시 동물의 흔적이라도 남아 있나 해서 주변을 둘러보았습니다. 뭐라 설명할 길 없는 불안감에 나는 타임머신의 안장을 떠나지 않고 그대로 앉아 있었습니다. 하지만 땅에도 하늘에도 바다에도 움직이는 건 하나도 보이지 않았습니다. 바위 위의 녹색 점액만이 생명체가 멸종하지 않았음을 증명해 주었지요. 얕은 모래톱이 바다 속에서 모습을 드러냈고 바닷물은 해변에서 물러나 있었습니다. 그 모래톱에서 뭔가 팔딱거리며 돌아다니는 검은 물체가 보이는 것 같았습니다. 하지만 가만히 쳐다보자 전혀 움직이지 않았습니다. 그래서 나는 내가 잘못 본 것이며 그 검은 물체는 그저 바위였다고 판단했습니다. 하늘의 별들은 무척 밝았으며 거의 깜박거리지 않았습니다.

문득 나는 둥근 태양의 서쪽 윤곽선에 변화가 생겼단 사실을 알아챘습니다. 곡선에 만처럼 오목하게 들어간 곳이 생겨나 있었어요. 그 오목한 곳이 점점 더 커지고 있는 게 보였습니다. 잠시 동안 나는 혼비백산하여 그 오목한 검은 부분이 낮을 서서히 잠식하고 있는 모습을 쳐다봤습니다. 그러다가 일식이 시작되고 있음을 깨달았지요. 달이나 수성이 태양의 표면을 가로지르고 있었습니다. 물론 처음에는 그게 달이라고 생각했지만, 내가 실제로 본 것이 지구를 아주 가깝게 지나가는 지구형 행성일 것이라고 믿고 싶은 마음이 강하게 들었습니다.

어두워지는 속도가 점점 빨라졌습니다. 동쪽에서 불어온 차가운 바람이 점차 돌풍으로 거세지기 시작했고, 공중에서 퍼붓는 하얀 눈송이가 점점 늘어났습니다. 바다 가장자리는 잔물결이 일며 찰랑거렸습니다. 이와 같은 생명 없는 소리를 빼면 세상은 고요했습니다. 고요함이라? 사실 그 단어만으로 세상의 정적을 전하기에는 역부족인 것 같군요. 사람들의 소리, 양들의 울음소리, 새들의 지저귐, 벌레들의 윙윙거림, 우리 삶의 배경을 이루는 이런저런 소리들, 이 모든 소리들이 사라져 버렸습니다. 어둠이 짙어지면서 소용돌이치는 눈송이가 점차 더 많아지며 내 눈앞에서 춤을 추었고, 공기는 점점 더 차가워졌습니다. 마침내, 하나씩, 재빠르게, 차례대로, 멀리 있는 언덕들의 하얀 봉우리들이 어둠 속으로 사라졌습니다. 산들바람이 점차 거세져 윙윙 울부짖었습니다. 일식으로 생긴 태양 중앙의 시커먼 그림자가 나를 향해 다가오고 있었습니다. 다음 순간 보이는 것이라곤 창백한 별들뿐이었습니다. 다른 모든 것은 빛을 잃고 어둠 속에 있었지요. 하늘은 완전히 새까맸습니다.

짙은 어둠에 대한 공포가 나를 덮쳤습니다. 뼛속까지 스며드는 추위와 숨 쉴 때마다 느껴지는 고통이 나를 압도했습니다. 온몸이 덜덜 떨렸고 지독한 메스꺼움이 몰려왔습니다. 바로 그 순간 시뻘겋게 달아오른 활처럼 하늘에 태양의 가장자리가 나타났습니다. 나는 정신을 차리려고 타임머신에서 내렸습니다. 현기증이 나서 다시 현재로 돌아오는 여행을 할 수 없을 것 같았어요. 속이 메스껍고 혼란스런 상태로 서 있는데, 붉은 바닷물을 배경으로 모래톱에서 뭔가 움직이는 물체가 다시 보이더군요. 이번에는 움직이는 물체가 틀림없었어요. 축구공 크기만 하거나 조금 더 큰 동그란 물체로 촉수를 길게 늘어뜨리고 있었지요. 굽이치는 핏빛 바닷물을 배경으로 시커멓게 보이는 그것은 이리저리 폴짝 뛰었다 말았다 하고 있었습니다. 나는 기절할 것 같았습니다. 하지만 그토록 먼 미래의 끔찍한 석양 속에 속수무책으로 누워 있게 될까 봐 극도로 두려운 나머지 기운을 내서 타임머신의 안장에 기어올랐습니다.

12

그렇게 나는 돌아왔습니다. 타임머신에서 오랫동안 의식을 잃고 있었던 모양입니다. 다시 낮과 밤이 깜박거리며 잇달아 바뀌었고, 태양은 황금빛을, 하늘은 푸른빛을 되찾았습니다. 숨쉬기도 한결 편안해졌지요. 오르락내리락 요동치며 땅의 윤곽선이 조수처럼 밀려왔다 밀려갔다 했습니다. 계기판의 바늘들은 거꾸로 빙빙 돌았습니다. 마침내 쇠퇴기 인류의 증거인 저택들의 흐릿한 그림자들이 다시 보였습니다. 이런 것들이 변화하며 지나갔고 다른 것들이 나타났습니다. 이내 날짜의 백만 일 단위를 가리키는 문자판이 0을 가리키자 나는 속도를 줄였습니다. 우리 시대의 사소하고 친숙한 건축물들이 보이기 시작하며 천 일 단위의 바늘이 출발점으로 빠르게 돌아오고, 낮과 밤이 점점 더 천천히 바뀌었습니다. 그러더니 연구실의 낡은 벽이 내 주위에 나타났습니다. 이제 나는 아주 천천히 타임머신의 속도를 늦췄습니다.

그런 뒤 사소하지만 기묘한 것을 하나 보았습니다. 내가 갓 출발해서 속도를 아주 많이 높이기 전에 워쳇 부인이 내가 보기에는 로켓처럼 쏜살같이 연구실을 가로질러 가는 것 같았다고 여러분께 앞서 말했었지요. 현재로 돌아오면서 나는 다시 워쳇 부인이 연구실을 가로지르는 그 순간을 통과하게 되었습니다. 하지만 이번에는 부인의 움직임이 이전 움직임과는 정확히 반대로 보였습니다. 연구실 저쪽 끝에 있는 문이 열리면서 부인이 뒷걸음질로 조용히 연구실을 미끄러지듯 가로질러 지난번 부인이 들어왔던 문 뒤로 사라진 것입니다. 그 직전에 잠깐 힐리어를 본 것 같았지만 그는 섬광처럼 지나갔습니다.

그런 뒤 나는 타임머신을 멈추고 오래되고 친숙한 내 연구실과 나의 도구들 그리고 나의 기기들을 다시 둘러보았는데, 내가 떠났을 때와 똑같았습니다. 나는 심하게 비틀거리며 타임머신에서 내려와 작업대에 앉았습니다. 몇 분 동안 나는 온몸을 오들오들 떨었습니다. 조금 지나자 차츰 진정되기 시작했습니다. 나는 예전과 똑같이 다시 나의 오랜 작업장에 있었습니다. 어쩌면 내가 작업장에서 잠들었고 그 모든 것들이 꿈이었을지도 몰랐습니다.

아니, 전혀 그럴 리가 없었어요! 출발했을 때 타임머신은 연구실 남동쪽 구석에 있었습니다. 그런데 돌아왔을 때는 여러분이 보고 있는 벽 가까이 북서쪽에 놓여 있었습니다. 그 거리는 미래의 작은 잔디밭과 몰록들이 내 타임머신을 옮겨 놓았던 하얀 스핑크스 조각상 받침대까지의 거리와 정확히 일치합니다.

잠깐 동안 머리가 잘 돌아가지 않았습니다. 이윽고 나는 작업대에서 일어나 복도를 지나서 이곳으로 왔습니다. 발뒤꿈치가 여전히 아파서 절뚝거렸고 몸이 몹시 더러운 느낌이 들었습니다. 문 옆 탁자에 〈폴 몰 가제트〉가 보였습니다. 그 신문의 날짜를 보니 정말로 오늘이었고, 시계를 봤더니 여덟 시가 거의 다 되었더군요. 여러분의 목소리와 접시가 달가닥거리는 소리가 들렸지요. 나는 망설였습니다. 몸이 무척 안 좋았을 뿐더러 기운도 전혀 없었거든요. 그런데 바로 그때 맛있고 몸에 좋은 고기 냄새에 이끌려 여러분들이 있는 곳의 문을 열게 된 것이지요. 그 다음은 여러분도 잘 아실 겁니다. 먼저 씻은 다음 식사를 했고, 지금은 이렇게 여러분에게 이야기를 들려주고 있지요."

"압니다." 잠시 멈춘 뒤 그가 계속해서 말했다. "이 모든 이야기가 여러분은 전혀 믿기지 않겠지요. 내게도 마찬가지로 믿기지 않는 한 가지는 내가 오늘밤 여기 이 오래되고 친숙한 방에서 여러분의 다정한 얼굴을 보며 이 기묘한 모험담을 들려주고 있다는 사실입니다."

그는 의사를 바라보았다. "아뇨, 선생님한테 믿어 달라는 게 아닙니다. 거짓말이나 예언으로 받아들여도 됩니다. 작업장에서 꿈을 꾼 거라고 말해도 되고요. 우리 인류의 운명에 대해 사색하다가 급기야 이런 허구를 지어냈다고 생각해도 좋아요. 내 이야기가 사실이라는 주장을 흥미를 돋우기 위한 단순한 기교쯤으로 치부해도 좋습니다. 내 이야기를 허구라고 한다면, 선생님은 그 이야기에 대해 어떻게 생각하나요?"

그는 담배 파이프를 집어 들더니, 예전부터 늘 하던 대로 난로의 철망에 대고 신경질적으로 톡톡 두드렸다. 순간적으로 정적이 감돌았다. 잠시 뒤 의자들이 삐걱거리는 소리와 구두를 양탄자에 비비는 소리가 나기 시작했다. 나는 시간 여행자의 얼굴에서 시선을 떼 그의 이야기를 듣고 있는 사람들을 둘러보았다. 그들은 어둠 속에 있었고 난롯불의 작은 불티가 그들 앞에 떠다녔다. 의사는 우리를 초대한 주인을 응시하느라 여념이 없는 듯했다. 편집장은 여섯 개째 피고 있는 자신의 시가 끝을 잔뜩 노려보고 있었다. 신문 기자는 손을 더듬거리며 자신의 회중시계를 찾았다. 내가 기억하는 한 그밖에 움직이는 사람은 없었다.

편집장이 한숨을 쉬며 일어섰다. "선생님이 소설가가 아니라 정말로 애석하군요!" 편집장이 시간 여행자의 어깨에 한 손을 올려놓으며 말했다.

"편집장님은 내 이야기를 믿지 않는 모양이오?"

"글쎄⋯⋯."

"믿지 않을 줄 알았소."

시간 여행자가 우리 쪽으로 돌아섰다. "성냥은 어디 있습니까?" 시간 여행자는 성냥을 켜서 파이프에 불을 붙여 뻐끔뻐끔

피우며 말을 이었다. "솔직히 말하자면…… 나 자신도 전혀 믿기질 않아요……. 그래도……."

시간 여행자의 시선이 무언의 조사를 하듯이 작은 탁자 위의 시든 하얀 꽃들로 향했다. 그는 파이프를 쥔 손을 뒤집어 손가락 마디의 반쯤 아문 상처를 바라보았다.

의사가 일어나 램프로 다가가서 그 꽃들을 살펴보았다. "암술이 이상하군." 의사의 말에 심리학자도 꽃을 보려고 앞으로 몸을 기울이더니 손을 내밀어 꽃 한 송이를 표본으로 잡았다.

"벌써 1시 15분 전입니다." 신문 기자가 말했다. "집으로는 어떻게 돌아가죠?"

"역에 가면 마차가 많이 있소." 심리학자가 말했다.

"아주 진기한 꽃이로구려." 의사가 말했다. "하지만 어떤 과에 속하는 꽃인지 정말 모르겠소. 이 꽃을 내가 가져가도 되겠소?"

시간 여행자는 머뭇거렸다. 그러더니 불쑥 "그건 안 되겠어요." 하고 말했다.

"이 꽃을 정말 어디서 구한 거요?" 의사가 물었다.

시간 여행자가 머리에 손을 얹었다. 자신에게서 빠져나가려는 생각을 붙잡고 놓치지 않으려는 사람처럼 말했다. "그 꽃은 내가 시간 여행을 했을 때 위나가 호주머니에 꽂아 준 거예요." 시간 여행자는 방 안을 빤히 둘러보았다. "그 모든 게 사실이 아니라면 난 천벌을 받을 겁니다. 하지만 이 방에서, 여러분과 함께, 이렇게 일상적인 분위기 속에 있으니, 내 기억에 대해 자신이 없어지는군요. 내가 정말 타임머신을, 아니 하다못해 타임머신의 모형이라도 만들었을까요? 그 모든 게 한낱 꿈이었단 말인가요? 사람들은 인생이 한낱 꿈이라고들 하잖습니까. 그것도 때로는 굉장히 초라한 꿈 말입니다. 하지만 앞뒤가 맞지 않는 또다른 꿈은 참을 수가 없어요. 그건 광기나 다름없습니다. 그리고 그 꿈은 어디에서 비롯됐단 말인가요? 나는 타임머신을 봐야겠어요. 타임머신이 정말로 존재한다면 말입니다!"

시간 여행자는 빨갛게 타오르는 램프를 재빨리 집어 들고 문을 지나 복도로 나갔다. 우리가 그의 뒤를 따랐다. 램프의 깜박거리는 불빛 속에 타임머신은 분명히 있었다. 작달막하고 보기 흉한 몰골을 한 채로 비스듬하게 놓여 있었다. 놋쇠와 흑단 그리고 상아와 반투명의 희미한 빛을 띤 석영으로 만들어진 기계였다. 손을 내밀어 타임머신의 가로대를 만져 보니 견고했고, 상아에는 갈색 반점과 얼룩이, 하단부에는 풀과 이끼가 묻어 있었고, 가로대 하나는 구부러져 있었다.

시간 여행자는 램프를 작업대에 내려놓고 손상된 가로대를 손으로 훑었다. "이제 됐어요." 그가 말했다. "내가 들려준 이야기는 사실이었어요. 추운데 여기까지 오게 해서 미안합니다." 시간 여행자가 램프를 집어 들었고, 우리는 깊은 침묵에 빠진 채 흡연실로 돌아왔다.

시간 여행자는 현관 전실까지 따라 나와서 우리를 배웅하고 편집장이 외투 입는 것도 거들어 주었다. 의사는 시간 여행자의 얼굴을 자세히 살피더니 조금 머뭇거리며 아무래도 과로를 하다 보니 몸이 안 좋은 모양이라고 말했다. 그 말에 시간 여행자는 크게 웃음을 터트렸다. 그가 열린 현관에 서서 잘 가라고 외치던 모습이 기억난다.

　나는 편집장과 함께 마차를 탔다. 그는 시간 여행자의 이야기를 '번지르르한 거짓말'이라고 생각했다. 하지만 나로서는 결론을 내릴 수 없었다. 그 이야기가 너무나도 환상적이고 믿기 힘들기는 했지만 이야기를 하는 그의 말투는 믿을 만하고 진지했다. 나는 그것에 대해 생각하느라 그날 밤을 거의 뜬눈으로 지새웠다. 나는 다음 날 다시 시간 여행자를 찾아가 보기로 마음먹었다. 시간 여행자의 집으로 갔더니 그는 연구실에 있다고 했다. 평소 그 집 식구들과 편한 사이였기에 나는 곧장 연구실로 혼자 올라갔다. 하지만 연구실은 텅 비어 있었다. 나는 잠시 타임머신을 빤히 쳐다보다가 손을 뻗어 레버를 만져 보았다. 그러자 작달막하고 견고해 보이는 덩어리가 바람에 흔들리는 나뭇가지처럼 흔들렸다. 불안정한 기계에 극도로 놀란 나는 아무거나 건드리지 말라는 소리를 듣곤 했던 어린 시절의 기묘한 추억이 떠올랐다. 나는 복도를 지나 되돌아와 흡연실에서 시간 여행자와 마주쳤다. 그는 본채 쪽에서 오고 있었다. 한쪽 겨드랑이에는 작은 카메라를 끼고 다른 쪽 겨드랑이에는 배낭을 끼고 있었다. 나를 보고 크게 웃으며 손 대신 한쪽 팔꿈치를 흔들었다. "지금 정신없이 바쁘다네." 그가 말했다. "저기에 있는 그 기계 때문에 말이야."

"하지만 그건 그냥 장난 아닌가?" 내가 물었다. "정말 자네가 시간 여행을 한단 말인가?"

"정말이고말고." 그러면서 그가 내 눈을 빤히 들여다봤다. 그는 망설였다. 그의 눈길이 방 안 여기저기를 향했다. "반 시간이면 되네. 자네가 왜 왔는지는 잘 아네. 와 줘서 정말 고마워. 여기서 잡지를 좀 보고 있게나. 점심때까지만 기다려 주면 자네에게 시간 여행에 대해 철저히 입증해 보이겠네. 표본과 다른 것들까지 모두 다 말일세. 그러니 지금 내가 자리를 좀 비워도 양해해 주겠나?"

나는 그의 말뜻을 완전히 이해하지는 못했지만 그러마고 했다. 그러자 그는 고개를 끄덕이고 복도로 걸어 나갔다. 연구실 문이 쾅 하고 닫히는 소리가 난 뒤, 나는 자리에 앉아 일간지를 집어 들었다. 그는 점심 식사 전에 무엇을 하려는 걸까? 그러고는 일간지의 광고를 보다가 문득 출판업자 리처드슨과 두 시에 만나기로 한 약속이 떠올랐다. 시계를 보았더니 지금 출발하면 약속 시간에 겨우 닿을 수 있을 것 같았다. 나는 시간 여행자에게 말하려고 자리에서 일어나 복도를 걸어갔다.

연구실 문의 손잡이를 잡는 순간, 뭔가 외치는 소리가 들렸지만 이상하게도 소리의 끝이 뚝 끊겼다. 찰칵하는 소리에 이어 쿵하는 소리도 들렸다. 내가 연구실 문을 열자 주위로 한 차례 돌풍이 휙 일었고, 유리가 바닥에 떨어져 깨지는 소리가 들렸다. 시간 여행자는 그곳에 없었다. 한순간 유령 같은 흐릿한 형체가 빙빙 도는 검은빛과 놋쇠빛의 덩어리 속에 앉아 있는 것을 얼핏 본 것 같았다. 그 형체가 어찌나 투명하던지 도면 여러 장이 놓인 그 뒤의 작업대가 굉장히 뚜렷해 보였다. 하지만 그 환영은 내가 눈을 비비는 사이 사라져 버렸다. 타임머신도 함께 사라져 버리고 없었다. 연구실 저쪽 구석은 피어오른 먼지가 가라앉고 있을 뿐 텅 비어 있었다. 보아하니 천창의 유리 한 장이 방금 막 깨져서 안쪽으로 떨어진 것 같았다.

나는 말도 안 되는 놀라움을 느꼈다. 뭔가 이상한 일이 벌어진 게 분명했지만 그 순간에는 그 이상한 일이 뭔지 알 수 없었다. 내가 멀뚱하니 서 있는데 정원 쪽으로 난 문이 열리면서 남자 하인이 나타났다.

우리는 서로를 쳐다보았다. 그러다가 뭔가 감이 잡혔다. "——씨가 그쪽으로 나갔나?" 내가 물었다.

"아뇨. 이쪽으로는 아무도 나오지 않았습니다. 저는 주인님이 여기 계신 줄 알았는데요."

그 말에 나는 무슨 일이 벌어졌는지 깨닫게 되었다. 리처드슨을 실망시킬 각오를 하고 나는 그곳에 남아 시간 여행자를 기다리기로 했다. 아마도 훨씬 더 기이할 두 번째 이야기와 그가 가져올 표본과 사진들을 기다리기로 했다. 하지만 나는 이제 평생을 기다려야 할까 봐 염려가 되기 시작한다. 시간 여행자는 3년

전에 사라졌다. 그리고 지금은 누구나 다 알다시피 아직 돌아오
지 않고 있다.

에필로그

누구나 궁금해하지 않을 수 없다. 과연 그는 돌아올까? 까마득한 과거로 날아가 구석기 시대의 피에 굶주린 털북숭이 야만인들 가운데에 떨어졌을지도 모른다. 어쩌면 백악기 바다의 심연에 빠져 버렸거나, 쥐라기의 기괴한 도마뱀처럼 생긴 공룡, 즉 거대한 파충류를 맞닥뜨렸을지도 모른다. 심지어 지금 —'지금'이란 말을 사용해도 된다면 말이지만— 플레시오사우루스*로 가득한 물고기 알 모양 암석의 산호초 위나 트라이아스기**의 적막한 함수호 옆을 헤매고 있을지도 몰랐다. 아니면 그보다는 좀 더 가까운 미래의 어느 시대로, 인간이 아직 인간의 모습을 간직하고 있고, 지금 우리 시대의 수수께끼들이 풀리고 지루한 문제

---

* 중생대 쥐라기 바다에서 살던 공룡.
** 중생대의 첫 시대.

들이 해결된 우리 인류의 성년기로 간 게 아닐까? 나로서는 부족한 실험과 단편적인 이론 그리고 상호 불화의 현재 우리 시대를 정말로 인류의 절정기라고 생각할 수 없으니까! 물론 어디까지나 내 생각이 그렇다는 것이다. 시간 여행자가 타임머신을 만들기 훨씬 오래전에 우리끼리 이 문제에 대해 토론한 적이 있었기 때문에 나는 인류의 진보에 대한 시간 여행자의 비관적인 생각을 알고 있었다. 그리고 그는 점점 덩치를 키워 나가는 문명 사회를 단지 어리석은 문명의 더미에 불과하며, 결국에는 필연적으로 무너져 내려 문명을 만든 자들을 멸망시키고 말 것이라고 보았다. 만약 그렇다 할지라도 우리는 마치 그렇지 않은 듯이 살아갈 수밖에 없다. 하지만 내게 미래는 여전히 깜깜하고 백지처럼 텅 비어 있다. 그의 이야기를 듣고 대충 알게 된 몇 가지를 제외하고 미래는 광활한 미지의 세계이다. 그래도 내 옆에는 낯선 흰 꽃 두 송이가 있어 위로가 되어 준다. 이제 그 꽃들은 시들어 갈색으로 변하고 생기도 없어 부서지기도 쉽지만, 우리의 지성과 체력이 사라져 버렸을 때조차도 감사하는 마음과 서로 아끼는 마음이 인간의 마음에 여전히 살아 있을 것임을 증명하고 있다.

1931년판에 붙인 웰스의 서문

『타임머신』은 1895년에 처음 출간되었다. 이 작품은 미숙한 작가가 쓴 졸작이 분명하지만 작품의 독창성 덕분에 소멸하지 않고 살아남아, 출간 후 3분의 1세기가 지난 지금까지도 여전히 출판사들뿐만 아니라 독자들의 지지를 받고 있는 듯하다. 이 작품의 최종 원고는 나중에 살짝 손본 몇몇 부분을 제외하고는 켄트 주 세븐오크스의 하숙집에서 집필했다. 그 당시 필자는 자유 기고가로 근근이 살아가고 있었다. 그러던 중 늘 기고하던 신문과 잡지에 기사가 실리지 않고 원고료도 지급되지 않는 궁핍한 시기가 닥쳤다. 필자의 원고를 받아 줄 만한 런던의 신문사와 잡지사의 사무실에는 아직 실리지도 않은 원고들이 이미 잔뜩 쌓여 있었으므로 그 원고 더미가 사라질 때까지 글을 더 쓰는 건 쓸데없는 짓 같았다. 그래서 이런 낙담스런 상황 변화에 애태우기보다 새로운 분야에서 시장을 개척하고자 하는 마음으로 이 소설을 썼다. 어느 늦은 여름밤, 열린 창문 옆에서 이 소설을 쓰고 있는데, 캄캄한 바깥에서 하숙집 여주인이 자기 집 램프를 너무 오래 켜놓는다고 못마땅하니 툴툴거리며 그 램프가 켜져 있는 한 잠을 자려고 하지 않았던 기억이 난다. 환상의 세계로 인도해 주는 그 램프 불빛과 여주인의 잔소리를 배경으로 필자는 계속해서 글을 써 나갔다. 또한 먹는 것도 변변찮고 기대감과 반신반의하는 마음이 공존하던 아슬아슬했던 그 시절 동안 필자를 굳건히 지탱해준 램프 불빛을 소중한 벗 삼아 놀파크를 거닐며 이 소설과 소설의 토대가 되는 개념들을 검토한 기억도 떠오른다.

타임머신에 대한 아이디어는 그 당시만 해도 필자만의 '유일한 아이디어'인 것 같았다. 언젠가 타임머신에 대한 이야기를 지금 이 책보다 더 길게 쓰고자 하는 마음에 그때까지 아껴 둔 상태였다. 하지만 잘 팔릴 만한 책이 절실히 필요했던지라 어쩔 수 없이 그 아이디어를 써먹을 수밖에 없었다. 안목이 있는 독자라면 이 소설이 한결같지 않은 작품임을, 즉 초반의 토론 부분은 훨씬 더 치밀한 구상으로 쓰여졌지만 뒷부분의 장들은 그렇지 못하다는 사실을 알아챘을지 모른다. 아주 깊은 뿌리에서 빈약한 이야기가 나오고 만 것이다. 타임머신에 대한 개념을 설명하는 앞부분은 1893년 윌리엄 어니스트 헨리가 편집장으로 있던 〈내셔널 옵저버〉에 이미 실린 바 있다.* 그러니 1894년 세븐오크스에서 아주 급히 써 내려간 부분은 바로 이 책의 후반부였다.

그 당시는 필자만의 아이디어였던 것이 이제는 모든 이들의 것이 되었다. 사실 그 생각은 결코 필자만의 독자적인 생각이 아니었다. 그건 다른 사람들도 알아 가고 있던 생각이었다. 그 아이디어가 필자의 마음속에 들어오게 된 것은 1880년대 즈음 왕립과학대학의 실험실과 토론 모임에서 학생들과 토론하게 되면서부터였다. 그 아이디어를 적용해 보려는 시도가 이미 여러 다양한 형태로 존재했던 가운데, 필자는 그 아이디어를 소설이라는 특별한 형식에 적용해 보았다. 그 아이디어란 바로 '시간'은 네 번째 차원이며, 우리가 흔히 말하는 '현재'는 사차원 세계에서의 삼차원 영역이라는 것이다. 이 관점에서 보면, 시간 차원이 나머지 세 차원과 유일하게 다른 점은 시간 차원을 따라 의식이 움직이고, 그로 인해 현재의 진행이 이루어지게 된다는 점이

---

*『타임머신』의 앞부분이 「시간 여행자의 이야기」라는 제목으로 연재된 해는 1894년인데, 웰스는 1893년으로 착각하고 있다.

다. 그렇게 진행하고 있는 영역을 어느 방향으로 절단하느냐에 따라 분명히 다양한 '현재'가 있을 수 있다. 이는 상당한 시간이 지난 뒤에야 과학적 용도로 쓰이기 시작한 개념인 '상대성'을 설명하는 하나의 방법이기도 하다. 또한 마찬가지로 분명히 '현재'라고 불리는 영역은 실재하나 '수학적'이지는 않으므로 가지각색의 깊이를 지닐 수 있다. 그러므로 '지금'이란 순간적인 것이 아니라 보다 더 길거나 짧은 시간의 척도이며, 여전히 현재 사조에서 제대로 된 올바른 인식을 구해야 하는 개념이다.

하지만 필자는 이 소설에서 이러한 여러 가능성들을 계속 탐구해 나가지 않았다. 그런 탐구를 어떻게 계속해야 하는지도 전혀 알지 못했다. 필자가 그 분야에 대해 충분히 교육받은 것도 아닌 데다가, 또 소설이란 게 더 깊이 연구하고 그런 글은 아니지 않은가. 그래서 필자는 도입부의 설명에서 그 기론을 풀어 나가다가 이 소설이 쓰여진 로버트 루이스 스티븐슨과 초기 러디어드 키플링의 시대에 볼 법한 여러 다양한 특징들이 뚜렷이 드러나는 상상의 모험담으로 슬쩍 넘어갔다. 이보다 앞서 이미 필자는 튜턴족의 말을 응용해서 지어낸 단어가 나오는, 너새니얼 호손 풍의 문체로 실험 삼아 소설을 써 본 적이 있었다. 그 실험 작은 〈사이언스 스쿨 저널〉에 실렸지만 다행스럽게도 지금은 구하기 어렵다.* 가브리엘 웰스**의 전 재산으로도 그 판본은 구할 수 없을 것이다. 필자는 타임머신을 다룬 이야기를 한 편 더 썼는데, 그 이야기는 1891년 〈포트나이틀리 리뷰〉에 싣기 위해 조판까지 마쳤지만 세상의 빛을 보지 못했다. 「단단한 우주」라는 제목의 그 작품 또한 분실되어 구할 길이 없다. 원자의 개별성을 주장하며 다소 덜 파격적이었던 전작 「유일무이한 물질의 재발견」은 그해 7월호에 실려 세상의 빛을 보았다. 하지만 그런 뒤곧 〈포트나이틀리 리뷰〉의 편집장 프랭크 해리스는 20년 뒤에나 실릴 법한 시기상조의 작품을 출판했다는 사실을 깨닫고 필자를 무섭게 질책하며 또다시 그 원고의 조판을 해체해 버렸다. 그 작품이 실린 잡지가 한 부라도 남아 있다면 틀림없이 〈포트나이틀리 리뷰〉의 기록 보관실에 있을 테지만 과연 그 잡지가 남아 있을지 의심스럽다. 수년 간 필자는 필자에게 그 잡지가 한

---

* 웰스가 처음 '타임머신'의 개념을 도입한 단편소설로, 1888년 4월에서 6월까지 〈사이언스 스쿨 저널〉에 「〈크로닉 아르고〉호」라는 제목으로 실렸다.
** Gabriel Wells(1861~1946). 미국의 유명한 서적 판매인 겸 역사가이자 작가로, 고서적과 희귀본 등의 거래를 통해 막대한 부를 축적했다.

부 있다고 생각했는데 막상 찾아보니 없었다.

『타임머신』은 참신한 아이디어와는 달리, 이야기를 다루는 법뿐만 아니라 풀어 나가는 방식도 '구식'이다. 이제는 원숙한 작가가 된 필자가 다시 한 번 대충 훑어보니 풋내기가 긁적거려 놓은 습작 같았다. 그래도 인류 진화에 대한 필자의 철학은 그 당시에 할 수 있는 최대한으로 펼쳐져 있었다. '엘로이'와 '몰록'으로 인류의 사회 분화가 이루어진다는 발상은 이제 적잖이 조잡한 느낌을 주었다. 필자는 청소년기에 조너선 스위프트에게 완전히 매료되었는데, 인류의 미래에 대한 고지식한 염세주의를 담은 이 작품은 이와 유사한『모로 박사의 섬』과 마찬가지로 필자가 거대한 빚을 진 거장에게 바친 어설픈 헌사였다. 게다가 당시 지질학자와 천문학자들은 세상에, 더불어 생명체와 인류에게, '필연적'으로 결빙기가 닥칠 것이라는 끔찍한 거짓말을 일삼았다. 그걸 피할 길은 없어 보였다. 백만 년쯤 뒤에 생명체란 생명체는 다 사라질 예정이었다. 그들은 자신들의 권위를 총동원해 우리에게 그렇게 각인시켰다. 그렇지만 지금, 제임스 진스*

---

* James Jeans(1877~1946), 영국의 물리학자 겸 천문학자로 우주 진화론에 대한 독자적인 학설을 주장한 바 있다.

는 그의 저서 『우리를 둘러싼 우주』에서 수백 수천만 년 뒤에도 세상은 계속될 것이라고 낙관적으로 주장하고 있다. 미래에 사람은 뭐든 할 수 있고 어디든 갈 수 있게 된다는 것을 확고한 하나의 법칙이라고 한다면, 오늘날 인류의 전망에 남아 있는 염세주의의 유일한 흔적은 자신이 너무 일찍 태어났다는 사실에 느끼는 다소 애석한 마음뿐일 것이다. 하지만 그런 애석한 마음조차도 현대의 심리 철학과 생물 철학을 통해 날려 버릴 수 있다.

사람은 누구나 실수를 하며 성장하기 마련이므로 필자는 젊은 시절 쓴 이 역작에 후회는 없다. 소중한 옛 작품인 『타임머신』이 에세이나 담화에서 아직도 과거를 회상하거나 미래를 예언하는 실용적이고 편리한 방법으로 한 번씩 다시금 불쑥 언급될 때마다 허영심을 무척 기분 좋게 즐기곤 한다. 지금 이 글을 쓰고 있는 필자의 책상에는 1929년 출간된 『바턴 박사의 시간 여행』*이 놓여 있는데, 이 책 속에는 36년 전에는 절대 꿈도 못 꿨던 온갖 내용들이 가득하다. 그리고 보면 『타임머신』은 책이 처음 출간될 즈음 출시된 튼튼한 뼈대의 신형 자전거만큼이

---

* 존 로런스 호지슨(1881~1936)을 비롯해 여러 작가가 함께 집필한 작품으로, '현재의 가능성을 토대로 한 공학적 · 사회학적 예측'이라는 부제 아래 타임머신을 타고 떠나는 미래로의 시간 여행을 다룬 소설이다.

나 오래가고 있는 셈이다. 그리고 굉장히 감탄스럽게도 이제 또다시 인쇄되어 출판되려 하므로 필자보다 더 오래 살아남을 것이 확실하다. 필자는 책에 서문을 쓰지 않은 지 이미 오래지만, 이번만은 이례적인 경우로 시간 차원을 거슬러 올라가 36년 전을 살았던, 궁핍하지만 쾌활했던 필자와 이름이 같은 이에게 추억이 어린 그리고 다정한 인사의 말을 한두 마디 건넬 수 있어서 무척 자랑스럽고 행복하다.

H. G. Wells

웰스, 타임머신
그리고 환상적인 시간 여행 이야기

'타임머신'이나 '시간 여행'은 현대 사람들에게 전혀 새로울 게 없는 흔하디흔한 이야기 소재들이다. 소설이나 영화에서 빈번하게 접하다 보니, 오히려 "에이, 식상하게시리 또?"라는 식으로 반응하기 쉽다. 하지만 19세기 말 처음으로 타임머신에 대한 책이 세상에 등장했을 때만 해도 세상 그 누구도 생각해 본 적 없는 그야말로 놀랍고 혁신적이었던 이 소재는 사람들 사이에서 커다란 반향을 불러일으켰다. 이처럼 전혀 상상하지도 못한 개념을 도입하며 전 세계를 놀라게 한 책이 바로 『타임머신』이다.

처음으로 세상에 타임머신과 시간 여행을 소개한 이는 영국의 소설가이자 비평가인 허버트 조지 웰스(1866~1946)이다. 그는 1866년 영국 켄트 주의 작은 마을 브럼리에서 가난한 집의 막내아들로 태어났다. 어린 시절 다리를 다쳐 병상에 누워 무료하게 시간을 보내야 했던 웰스는 심심함을 달래려 찾은 도서관에서 책을 빌려 읽다 독서의 재미에 빠져들면서 작가의 꿈을 꾸게 되었다. 어려운 형편 때문에 십대 중반에는 포목상에서 수습점원 생활을 하기도 하고, 약국에서 조수로 일하기도 하는 등 여러 곳을 전전하며 생계를 꾸렸다. 하루에 열세 시간을 일하던 당시의 경험은 훗날 책의 소재가 되었다. 십대 후반부터는 경제적 어려움 속에서도 여러 학교에서 학생 겸 선생으로 장학금과 주급을 받으며 끊임없이 배움의 길을 걸었다.

사회 문제와 문학, 과학 등 다방면에 관심이 많았던 웰스는 영국의 점진적 사회주의자 단체인 페이비언 협회에 가입하기도 하고, 〈사이언스 스쿨 저널〉이라는 잡지를 창간해 문학 평론과 소설을 싣기도 했다. 그리고 이때 그 잡지에 실은 소설이 바로『타임머신』의 전신 격인「〈크로닉 아르고〉호」(1894)이다. 그는 1891년 외사촌과 결혼하지만, 몇 년 못 가 이혼하고 1895년 제자와 재혼하였다. 그 뒤로도 염문이 끊이지 않고 화려한 여성 편력을 과시하며 사생아까지 낳은 웰스는 강한 사회 비판 의식을 지닌 평소의 모습과는 달리 여성은 자유분방해질 권리가 있다는 모순된 주장을 펼쳐 자기 합리화하였다는 비난을 받았다. 재혼한 후에는 몸이 좋지 않아져 교사 일을 그만두고 전업 작가로 나서게 되었다.

　활동 초기 웰스는 『타임머신』(1895), 『모로 박사의 섬』(1896), 『투명 인간』(1897), 『우주 전쟁』(1898)을 연달아 내놓으면서 SF 장르를 개척해 대중화의 발판을 마련한 'SF의 창시자'로 주목받았다. 또한 SF 외에도 논픽션·역사소설·계몽소설·자전적 소설·사실주의 소설·유토피아적 소설·디스토피아적 소설 등 다양한 장르를 넘나들며 100권이 넘는 책을 발표하여 사회·정치·종교·인권 등 특정 분야에 제한되지 않은 해박한 지식과 관심을 보여 주었다. 과학문학사에 한 획을 그은 작가로 평가받는 그는 이후 네 차례에 걸쳐 노벨 문학상 후보에 올랐다. 하지만 활동 후기에는 SF는 거의 집필하지 않고 계몽적이거나 사회적인 또는 정치적인 성향을 띤 작품들을 많이 썼다. 따라서 그의 대표적인 SF들은 거의 작품 활동 초기에 나온 것들이다.

　그의 대표작 가운데서도 특히 『타임머신』은 웰스를 SF의 창시자로 불리게 만들고 시간 여행을 소재로 한 모든 작품들의 뿌리가 되어 준 작품이다. 액자 소설 형식을 취하고 있는 이 작품은 화자가 전체 이야기의 도입부를 이끌고, 시간 여행자가 자신이 발명한 타임머신을 타고 미래로 시간 여행을 한 이야기를 화자를 비롯한 지인들에게 들려준 뒤, 다시 화자가 에필로그를 통해 전체 글을 마무리하는 형식으로 이루어져 있다.

먼저 도입부에서는 시간 여행자의 주장이 주가 되어 시간 여행에 대한 이론적인 설명이 제시된다. 시간 여행자는 지인들과의 모임에서 기존의 삼차원으로 된 축에 시간의 축을 하나 보탠 사차원 가설을 주장한다. 그러면서 자신이 시간을 여행할 수 있는 타임머신을 발명했다며 축소 모형을 보여 주기까지 한다.

그로부터 일주일 뒤, 다시 모인 사람들 앞에 시간 여행자가 역력히 지친 기색으로 나타난다. 자신이 시간 여행을 갔다가 이제 막 돌아오는 참이라며 그는 본격적으로 이야기를 시작한다.

시간 여행자가 타임머신을 타고 도착한 시간은 서기 802701년이다. 그곳에서 만난 인류의 먼 후손 '엘로이'들은 그와 말도 통하지 않고 지금의 인류보다 작은 체구에 약해 보이지만, 평화롭고 여유로운 삶을 즐기는 것처럼 보인다. 그러나 잃어버린 타임머신을 되찾으려는 과정에서 시간 여행자는 미래 세계의 어두운 이면을 차츰 깨닫는다. 어두운 지하에 살며 식인을 하는 '몰록'들의 존재를 알게 된 것이다. 낮 동안 행복하고 안정되어 보이던 엘로이들이 밤만 되면 불안에 떨며 서로 한데 모여 잠드는 이유는 바로 그들을 잡아먹는 몰록 때문이었다. 미래 사회에서 인류의 후손은 몰록과 엘로이 두 종류로 진화되어 지하와 지상, 밤과 낮, 육식과 채식으로 모든 것이 대조를 이루는, 잡고 잡아먹히는 핏빛으로 물든 삶을 살아가고 있었다.

이처럼 시간 여행자를 통해 웰스가 그린 80만 년 뒤의 미래는 현재의 사람들이 꿈꾸는 장밋빛 유토피아와는 거리가 먼, 비관적이고 암울한 모습이다. 미래 인류는 부르주아를 상징하는 지상의 엘로이와 프롤레타리아를 상징하는 지하의 몰록으로 이분화되어 서로 적대 관계를 형성하고 있었던 것이다. 그리고 몰록에게 잡히려는 위기의 순간, 시간 여행자는 가까스로 타임머신에 올라타 한 번 더 시간을 이동한다. 서기 802701년보다 더 먼 미래에 인류는 멸종해 그 흔적조차 찾아볼 수 없다. 웰스는 유토피아가 아닌 디스토피아적 미래의 모습을 통해 낙관적인 전망보다는 비관적인 예언과 경고를 남긴다.

시간 여행자의 모든 이야기가 끝난 뒤, 인류의 종말을 목격하고 돌아왔다는 그의 이야기를 사람들은 믿지는 않는다. 하지만 화자만큼은 다소 믿음을 보인다. 그리고 시간 여행자는 자신의 이야기를 증명하기 위해 다시 한 번 시간 여행을 떠나고, 3년이 지난 뒤에도 돌아오지 않는 그를 기다리는 화자의 에필로그로 전체 이야기는 끝이 난다.

SF 평론가인 존 클루트는 웰스를 "SF 장르에서 이제까지 나온 작가 중 가장 중요한 작가"라고 평하며, 『타임머신』을 비롯한 웰스의 작품은 영미 SF 분야에서 중심이 되어 왔다고 언급한 바 있다. 쥘 베른, 휴고 건즈백과 함께 'SF의 아버지'로 손꼽히는 웰스는 훗날 배출되는 많은 SF 작가들에게 영향을 미치고 영감을 주었다. 그의 영향을 받은 대표적인 작가로는 '세계 3대 SF 작가'로 불리는 아서 찰스 클라크·로버트 하인리히·아이작 아시모프를 포함해 SF 명예의 전당에 헌액된 올라프 스태플든·브라이언 윌슨 올디스·존 데이비스 베레스퍼드·시드니 파울러 라이트·카렐 차페크 그리고 SF와 판타지문학계의 대모 어슐러 르 귄까지, SF 애독자라면 이름만 대도 알 만한 작가들로 화려한 면면을 자랑한다.

하나의 새로운 아이디어는 세월을 거듭하며 누구에게나 익숙하고 보편적인 개념으로 자리 잡았다. 하지만 타임머신과 시간

〉〉〉

여행이 아무리 평범한 개념이 되었다 할지라도 여전히 인간은 미래에 대한 환상, 나아가 시간 여행에 대한 환상을 지니고 있다. 그 덕분에 많은 작가들이 끊임없이 상상의 나래를 펼쳐, 저마다 다른 개성과 줄거리와 재미를 지닌 인기작들을 쏟아내고 있다. 이처럼 시간 여행에 대한 이야기는 지금까지도 꾸준히 소비되고 또 마니아층을 형성하며 인기를 끌고 있다. 그 덕택에 비단 소설뿐만 아니라 영화, 만화 등의 다양한 장르에 변주되어 활용되고 있다.

"타임머신이 있다면 가장 가고 싶은 시간은?"

이런 질문을 우리는 심심풀이 삼아 하고는 한다. 역자가 이 질문을 받는다면 지금 살고 있는 시대와 가까운 미래나 과거 가운데 한 시간을 선택할 것 같다. 그래서인지 가까운 시간으로의 여행밖에 생각하지 못하는 근시안적이고 편협한 역자의 시각과는 달리, 인류의 먼 미래를 궁금해하는 위대한 작가의 이타적이고 대승적인 시각이 그저 놀랍기만 하다. 그런 작가의 미래에 대한 관심과 과학적 지식을 바탕으로 한 놀라운 상상력과 문학적 재능 덕택에 지금 우리는 다양한 SF 작품을 즐길 수 있게 되었다.

웰스는 1931년판에 붙인 서문을 통해『걸리버 여행기』의 작가 조너선 스위프트에게 매료되어 많은 빚을 졌다고 밝히고 있지만, 그와 같은 시기에 활동한 많은 작가들과 후대의 작가들은 반대로 웰스에게 빚을 진 셈이다. 각종 시간 여행담을 읽으며 멋진 상상의 세계에 빠져 과거와 미래를 넘나드는 즐거움을 만끽하는 우리 독자들도 마찬가지로 알게 모르게 웰스에게 빚을 졌다고 할 수 있다. 200년에 가까운 시간을 뛰어넘어 과거로 갈 수는 없지만, 그 시간 속에 존재하고 있을 작가를 떠올리며, 시간 여행의 세계로 인도해 준 작가에게 감사의 마음을 전한다. 아울러 타임머신을 타고 떠난 지 3년이 지나도 돌아오지 않는 시간 여행자가 과연 어느 시간을 헤매고 있을지도 자못 궁금한데, 그가 어느 시간에 가 있건 건승하기를 빈다.

－옮긴이 **황윤영**

《허버트 조지 웰스》 연보

1866년 9월 21일 영국 켄트 주의 브럼리에서 가난한 크리켓 선수였던 조지프 웰스와 세라 닐의 넷째이자 막내 아이로 태어남.

1874년 브럼리 초등학교에 입학함.

1879년 아버지가 다리를 다쳐 가정 형편이 더욱 어려워짐. 결국 부모가 이혼하고 이후 스스로 생계를 꾸려 나가기 시작함.

1883년 학업을 포기하고 포목상과 약국을 오가며 수습 점원 생활을 전전하다 미드허스트 문법학교의 보조 교사로 채용됨.

1884년 런던 사우스켄싱턴의 과학사범학교에 국비장학생으로 입학함. 〈진화론〉을 주장한 찰스 다윈의 친구이자 지지자였던 토마스 헉슬리로부터 생물학과 동물학을 배우고 놀라운 성취를 보여 주지만 이외의 과목에서는 두각을 드러내지 못함.

1886년 사촌 누이인 이사벨 메리 웰스와 처음 만남.

1887년 지질학 최종 시험에 낙제하여 장학생 자격을 잃고, 학위를 받지 못한 채 학교를 떠남. 작은 사립 학교에 교사로 부임함. 교내 축구 시합에서의 부상으로 신장 파열과 폐출혈을 진단받고 학교를 그만둠. 요양 생활을 하며 집필 활동에 매진함.

1888년 런던에서 다시 교사로 채용됨. 〈사이언스 스쿨 저널〉를 창간하여 훗날 그의 대표 작품인 『타임머신』의 모태가 되는 「〈크로닉 아르고〉호」를 연재함.

1890년 런던 대학을 졸업하여 유니버시티 통신교육대학에 생물학 강사로 채용됨.

1891년 사촌 누이 이사벨과 결혼함.

1892년 에이미 캐서린 로빈스를 만남.

1893년 또다시 건강이 악화되어 교사 일을 포기하고 집필에만 전념함.

1895년 이사벨과 이혼하고 에이미와 결혼. 「타임머신」을 〈뉴 리뷰〉에 연재함. 『타임머신』 출간.

1896년 『모로 박사의 섬』 출간.

1897년 『투명 인간』 출간.

1898년 『우주 전쟁』 출간.

1900년 『사랑과 루이셤 씨』 출간. SF에서 풍속소설로 작품 성향이 변화함.

1901년 첫 아이인 조지 필립이 태어남.

1903년 둘째 아이 프랭크 리처드가 태어남. 민주적 사회주의 국가 건설을 목표로 하는 페이비언 협회에 가입함.

1905년 어머니 세라 웰스 사망.

1909년 『토노—번게이』, 『앤 베로니카』 출간. 『앤 베로니카』는 많은 여성들과 염문설을 뿌렸던 웰스가 자전적인 사실에 바탕을 두고 젊은 여성의 성 해방을 주창한 소설로, 당시 도덕관과 큰 충돌을 빚으며 논란을 일으킴.

1910년 아버지 조지프 웰스 사망.

1914년 제1차 세계 대전 발발.

1916년 프랑스와 이탈리아 전선을 여행함.

1919년 제1차 세계 대전 종식.

1920년 러시아를 방문하여 레닌과 트로츠키와 만남. 세계 최초의 일반 역사서인 『세계사 대계』 출간. 제1차 세계 대전과 같은 대학살이 다시 일어나서는 안 된다는 메시지를 전하며 전 세계에 번역 출간된 이 작품은 2백만 부 넘는 부수가 판매됨.

1922년 노동당에 입당하여 하원 의원에 입후보하나 낙선함.

1923년 하원 의원 선거에서 또다시 낙선함.

1927년 아내 캐서린 웰스 사망.

1929년 영국 BBC 토크쇼에 처음 출연함.

1933년 정신적 자유를 추구하는 작가들의 조직인 국제펜클럽협회의 회장으로 선출됨. 유럽 통일과 세계 통일을 주장하여 베를

린에서는 나치에 의해 그의 책들이 불태워졌고 당시 파시즘 국가였던 이탈리아 방문이 금지됨.

1934년 소련과 미국을 방문하여 스탈린과 루스벨트를 만남.

1939년 제2차 세계 대전 발발.

1940년 계속되는 독일군의 폭격에도 불구하고 런던에 머묾.

1945년 마지막 소설 『막다른 곳에 다다른 정신』 출간. 이 작품에서 웰스는 인류의 미래를 『타임머신』에서보다도 절망적이고 비관적으로 예측함. 제2차 세계 대전 종식.

1946년 8월 13일 건강이 악화되어 런던의 자택에서 세상을 떠남.

허버트 조지 웰스 1866년 영국 켄트 주 브람리에서 가난한 크리켓 선수의 아들로 태어났다. 부모의 이혼과 아버지의 파산으로 학업을 그만두고 포목점과 약국의 수습 점원으로 일하며 스스로 생계를 꾸렸다. 미드허스트 문법학교의 보조 교사로 채용된 데 이어 사우스켄싱턴 과학사법학교에 국비장학생으로 입학하며 뒤늦게 학업에 정진하였다. 그러나 시험에서 낙제하여 학위를 받지 못한 채 학교를 떠나고, 이후 건강 문제로 인해 교사직을 여러 차례 그만두었다. 1891년 사촌 누이인 이사벨 메리 웰스와 결혼하지만, 4년 후인 1895년 그녀와 이혼하고 제자로 만난 에이미 캐서린 로빈스와 재혼하였다. 학창 시절 〈사이언스 스쿨 저널〉에 연재한 단편소설 「〈크로닉 아르고〉호」를 퇴고하여 SF 『타임머신』으로 출간하였다. 『타임머신』의 큰 성공 이후 『모로 박사의 섬』, 『투명 인간』, 『우주 전쟁』을 연이어 발표하며 'SF의 창시자'로 자리매김하였다. 주제와 장르를 불문하고 200여 권에 달하는 저서를 남기며 왕성하게 활동한 그는 1946년 8월 13일 여든의 나이로 런던에서 생을 마감하였다.

황윤영 성균관대학교 번역대학원을 졸업한 후, 현재 번역문학가로 활발히 활동하고 있다. 그동안 옮긴 책으로 『오디세이』, 『지킬 박사와 하이드』, 『이상한 나라의 앨리스』, 『에드거 앨런 포 단편선』, 『폭풍의 언덕』, 『그레이브야드 북』, 『타임머신』 등이 있다.

클래식 보물창고에는
오랜 세월의 침식을 견뎌 낸
위대한 세계 문학 고전들이 총망라되어 있습니다.
세대와 시대를 초월하여 평생을 동반할 '내 인생의 책'을
〈클래식 보물창고〉에서 만나 보세요.

1. 이상한 나라의 앨리스 루이스 캐럴 지음 | 황윤영 옮김

특유의 유쾌한 상상력과 말놀이, 시적인 묘사와 개성적인 캐릭터, 재치 넘치는 패러디와 날카로운 사회 풍자로 아동·청소년문학사와 영문학사에 큰 획을 그은 루이스 캐럴의 환상동화.

★BBC 선정 영국인 애독서 100선 ★학교도서관사서협의회 추천도서

2. 키다리 아저씨 진 웹스터 지음 | 원지인 옮김

서간문이라는 독특한 형식과 소녀적 감성이 결합된 성장기이자 로맨스 소설! 20세기 초 사회의 모순을 고발하고 개혁을 주장했던 진보적인 사상은 페미니즘 문학으로서의 의미를 더한다.

★학교도서관사서협의회 추천도서

3. 보물섬 로버트 루이스 스티븐슨 지음 | 민예령 옮김

인간이 가진 절대적인 선과 악을 그린 세계 최초의 해양 모험 소설. 영국 빅토리아 시대의 흥미진진한 꿈과 낭만을 대변하는 동시에 선악의 경계를 아슬아슬하게 줄타기하는 인간의 욕망을 고찰한다.

★BBC 선정 영국인 애독서 100선 ★미국대학위원회 SAT 권장도서

4. 노인과 바다 어니스트 헤밍웨이 지음 | 민예령 옮김

헤밍웨이 문학의 총결산이자 미국 현대문학의 중추로 일컬어지는 걸작. 생애의 모든 역경을 불굴의 투지로 부딪쳐 이겨 내는 인간의 모습을 하드보일드한 서사 기법과 절제미가 돋보이는 문체로 형상화했다.

★노벨 문학상 수상작가 ★퓰리처상 수상작 ★노벨연구소 선정 세계문학 100선
★대학수학능력시험 출제 작품

5. 하늘과 바람과 별과 시 윤동주 지음 | 신형건 엮음

우리나라 사람들이 가장 많이 애송하는 '민족 시인' 윤동주의 문학 세계를 엿볼 수 있는 시와 산문을 한데 모았다. 시대의 아픔을 성찰하며 정면으로 돌파하려 한 저항 정신은 물론이고 인간 윤동주의 맨얼굴을 만날 수 있다.

★연세대 필독도서 200선

6. 봄봄 동백꽃 김유정 지음

어려운 현실을 풍자와 해학으로 극복한 한국 근대 소설의 정수, 김유정의 대표작을 모았다. 원전을 충실하게 살려 아름다운 우리말을 풍요롭게 담고, 토속적 어휘는 풀이말을 달아 이해를 도왔다.

7. 거울 나라의 앨리스 루이스 캐럴 지음 | 황윤영 옮김

『이상한 나라의 앨리스』보다 한층 탄탄해진 구성과 논리적인 비유를 통해 보다 깊고 넓어진 재미와 감동을 선사하는 후속작. 현실 속의 정상과 비정상, 논리와 비논리, 의미와 무의미의 경계를 고찰한다.

★BBC 선정 영국인 애독서 100선 ★명사 101명이 추천한 파워클래식 ★학교도서관사서협의회 추천도서

8. 변신 프란츠 카프카 지음 | 이옥용 옮김

현대인의 고독과 불안을 그림으로써 실존주의 문학의 발전에 커다란 영향을 끼치며 20세기 문학계에서 가장 난해한 '문제 작가'로 꼽히는 프란츠 카프카의 대표작을 모았다. 원전에 충실한 번역으로 특유의 문체가 지닌 묘미를 만끽할 수 있다.

★서울대 권장도서 100선 ★연세대 필독도서 200선 ★미국대학위원회 SAT 권장도서

9. 오즈의 마법사 L. 프랭크 바움 지음 | 최지현 옮김

영화, 뮤지컬, 온라인 게임 등 다양한 장르로 재생산되어 지구촌 대중문화를 견인함으로써 문화 콘텐츠가 가지는 파급력의 정도를 생생하게 보여 주는 세기의 고전. 짜릿한 모험담 속에 담긴 치유의 기운이 마법 같은 순간을 선물한다.

★학교도서관사서협의회 추천도서

10. 위대한 개츠비 F. 스콧 피츠제럴드 지음 | 민예령 옮김

미국 현대 문학의 거장으로 꼽히는 F. 스콧 피츠제럴드의 대표작. 미국에서만 한 해 30만 부 이상 팔리는 스테디셀러로, 재즈 시대를 살았던 젊은이들의 욕망과 물질문명의 싸늘한 이면을 담아 낸 명실공히 미국 현대 문학의 최고작.

★〈타임〉지 선정 100대 영문 소설   ★미국대학위원회 SAT 권장도서
★〈뉴스위크〉지 선정 100대 명저   ★BBC 선정 꼭 읽어야 할 책

11. 오 헨리 단편선 오 헨리 지음 | 전하림 옮김

평범한 소시민의 일상과 삶의 애환을 따뜻한 시선으로 그린 오 헨리 문학의 정수로 손꼽히는 작품을 모았다. 인도주의적 가치관 위에 부조된 작가적 개성의 특출함을 만끽할 수 있다.

12. 셜록 홈즈 걸작선 아서 코난 도일 지음 | 민예령 옮김

세기의 캐릭터와 함께 펼치는 짜릿한 두뇌 게임. 치밀한 구성과 개연성 있는 전개, 호기심을 자극하는 독특한 설정이 포진되어 있음은 물론, 추리의 과정부터 카타르시스가 느껴지는 결말이 펼쳐져 있는 매력적인 소설.

13. 소공자 프랜시스 호즈슨 버넷 지음 | 원지인 옮김

사랑의 입자를 뭉쳐 만들어 놓은 것 같은 캐릭터를 통해 사랑의 선순환을 형상화한 소설. 순수한 직관과 무한한 잠재력을 지닌 동심의 세계를 느낄 수 있다.

14. 왕자와 거지 마크 트웨인 지음 | 황윤영 옮김

대중성과 작품성을 겸비해 '미국 현대 문학의 아버지'로 평가받는 마크 트웨인의 대표작으로 '뒤바뀐 신분'이라는 숱한 드라마의 원조 격인 소설. 부조리하고 불합리한 사회상에 대한 날카로운 비판과 통쾌한 풍자 속에 역사적 지식과 상상력을 담아 냈다.

15. 데미안 헤르만 헤세 지음 | 이옥용 옮김

자신의 내면세계를 향해 고집스럽게 걸음을 옮긴 주인공 싱클레어의 성장을 그린 영원한 청춘의 성서. 철학, 종교, 인간을 끊임없이 탐구했던 작가의 깊이 있는 시선과 인간 내면의 양면성에 대한 치밀한 묘사가 시선을 사로잡는다.

★노벨 문학상 수상작가

16. 말괄량이와 철학자들 F. 스콧 피츠제럴드 지음 | 김율희 옮김

재즈 시대의 자유분방한 젊은이들의 풍속도를 그린 F. 스콧 피츠제럴드의 소설집. 1920년대 고동치는 젊은이의 맥박을 생생하게 전달했다는 평가를 받는 작품들을 모았다.

17. 벤자민 버튼의 시간은 거꾸로 간다 F. 스콧 피츠제럴드 지음 | 김율희 옮김

70세의 노인으로 태어나 결국 태아 상태가 되어 삶을 마감하는 벤자민 버튼의 일생을 그린 환상소설을 비롯해 『위대한 개츠비』의 전신이라고 할 수 있는 F. 스콧 피츠제럴드의 작품들을 모았다. 실험적이고 혁신적인 화법으로 생생하게 형상화한 재즈 시대를 만끽할 수 있다.

18. 이방인 알베르 카뮈 지음 | 이휘숙 옮김

출간과 동시에 하나의 사회적 사건으로까지 이야기된 알베르 카뮈의 대표작. 부조리하고 기계적인 시스템 속에서 인간이 부딪치게 되는 절망적 상황을 짧고 거친 문장 속에 상징적으로 담아낸, 작품 자체가 '이방인'인 소설.

★노벨 문학상 수상작가 ★노벨연구소 선정 세계문학 100선 ★미국대학위원회 SAT 권장도서

19. 크리스마스 캐럴 찰스 디킨스 지음 | 김율희 옮김

영국의 대문호 찰스 디킨스의 작가 정신과 개성이 고스란히 담긴 대표작. 19세기 영국 사회의 구조적 모순과 인간성 회복을 그린 영원한 고전이자 크리스마스의 상징이 되어 버린 소설.

★BBC 선정 영국인 애독서 100선 ★학교도서관사서협의회 추천도서

20. 이솝 우화 이솝 지음 | 민예령 옮김

2500년 동안 이어져 온 삶의 지혜와 철학을 담은 인생 지침서이자 최고(最古)의 고전! 오랜 세월 인류가 축적해 온 지식과 철학이 함축되어 있으며 남녀노소 누구나 읽을 수 있는 인류의 고전이라 할 수 있다.

21. 수레바퀴 아래서 헤르만 헤세 지음 | 함미라 옮김

작가의 자전적 경험이 녹아들어 있는 헤르만 헤세의 대표적인 성장소설. 총명한 한 소년이 개인의 자유와 개성을 억압하는 딱딱한 교육 제도와 권위적인 기성 사회의 벽에 부딪혀 비극으로 치닫는 이야기를 섬세하게 그리고 있다.

★노벨 문학상 수상작가 ★서울대 선정 고전 200선 ★국립중앙도서관 청소년 권장도서

22. 너새니얼 호손 단편선 너새니얼 호손 지음 | 한지윤 옮김

『주홍 글자』로 유명한 호손은 에드거 앨런 포, 허먼 멜빌과 더불어 미국 낭만주의 문학의 3대 거장으로 꼽힌다. 이 책은 45년간 우리나라 교과서에 실리기도 했던 「큰 바위 얼굴」을 비롯해 호손 문학의 대표 단편소설 11편을 실었다.

23. 에드거 앨런 포 단편선 에드거 앨런 포 지음 | 황윤영 옮김

「검은 고양이」, 「모르그 거리의 살인 사건」 등으로 유명한 에드거 앨런 포는 미국 낭만주의 문학의 거장이자 단편문학의 시조이며 추리 소설의 창시자이기도 하다. 기괴하고 환상적인 소재를 통해 인간 내면의 광기와 복잡한 심리를 치밀하게 형상화했다.

★미국대학위원회 SAT 권장도서 ★노벨연구소 선정 세계문학 100선

24. 필경사 바틀비 허먼 멜빌 지음 | 한지윤 옮김

장편소설 『모비 딕』의 작가 허먼 멜빌은 에드거 앨런 포, 너새니얼 호손과 함께 미국 낭만주의 문학의 3대 거장으로 꼽힌다. 정체불명의 필경사 바틀비의 '선호하지 않는' 태도와 철학은 갑갑한 현실 속에서 우리에게 깊은 공감과 위로를 이끌어 낸다.

★미국대학위원회 SAT 권장도서

25. 1984 조지 오웰 지음 | 전하림 옮김

『멋진 신세계』, 『우리들』과 더불어 세계 3대 디스토피아 소설로 불리는 걸작으로, 가공의 국가 오세아니아의 전체주의 지배하에서 인간의 존엄을 지키고자 했던 한 인물이 파멸되어 가는 과정을 그렸다. 오늘날에도 여전히 유효한 이 작품 속 경고는 시간이 지날수록 그 힘이 더욱 강력해지고 있다.

★〈뉴스위크〉지 선정 세계 100대 명저 ★〈타임〉지 선정 '20세기 최고의 책 100선'
★노벨연구소 선정 세계문학 100선 ★〈모던 라이브러리〉 선정 '20세기 100대 영문학'

26. 걸리버 여행기 조너선 스위프트 지음 | 김율희 옮김

풍자 문학의 거장 조너선 스위프트의 『걸리버 여행기』는 결코 온순하지 않다. 이 작품의 원문은 18
세기 영국의 정치와 사회뿐만 아니라 인간의 본성을 신랄하게 풍자하고 있기 때문이다. 이 무삭제
완역본에는 스위프트가 고찰한 인간과 사회를 관통하는 통렬한 아이러니가 고스란히 담겨 있다.

★서울대 선정 고전 200선   ★미국대학위원회 SAT 권장도서
★〈뉴스위크〉지 선정 100대 명저   ★노벨연구소 선정 세계문학 100선

27. 헤르만 헤세 환상동화집 헤르만 헤세 지음 | 이옥용 옮김

헤세의 대표적인 동화 16편이 실린 작품집으로, 자기 발견과 자아실현을 위한 갈등과 모색을 독
창적이면서도 환상적으로 표현했다. 또한 난쟁이, 마법사, 시인 등 신비로운 인물들과 천일야
화, 중국과 인도의 민담, 신화 등 초자연적이면서도 경이로운 이야기들이 다채롭게 펼쳐진다.

★노벨 문학상 수상작가

28. 별 마지막 수업 알퐁스 도데 지음 | 이효숙 옮김

특유의 시적 서정성과 감수성으로 19세기 말 프랑스의 정취를 그려 낸 작가 알퐁스 도데의 단편
소설을 모았다. 그의 대표작 「별」부터 전쟁의 비극을 감동적으로 풀어 낸 「마지막 수업」까지 알
퐁스 도데의 진면목을 만끽할 수 있는 작품 15편이 들어 있다.

29. 피터 팬 제임스 매튜 배리 지음 | 원지인 옮김

연극, 뮤지컬, 영화 등으로 재탄생되며 100년이 넘는 세월 동안 전 세계 사람들의 사랑을 받아
온 '영원히 늙지 않는' 고전! 어른이 되지 않는 '피터 팬'과 어른이 없는 나라 '네버랜드'를 탄생시
킴과 동시에 '피터 팬 신드롬'이라는 말을 낳으며 동심의 상징이 되었다.

30. 제인 에어 샬럿 브론테 지음 | 한지윤 옮김

『폭풍의 언덕』과 함께 '브론테 자매'의 걸작으로 손꼽히는 샬럿 브론테의 대표작으로, 어린 나이
에 홀로 고난과 역경을 이겨 내고 오로지 '열정'으로 나이와 신분을 뛰어 넘어 사랑을 쟁취하는
여성, 제인 에어의 삶과 사랑을 자서전 형식으로 그려 냈다.

★미국대학위원회 SAT 권장도서   ★BBC 선정 영국인 애독서 100선   ★연세대 필독도서 200선

31. 폭풍의 언덕 에밀리 브론테 지음 | 황윤영 옮김

에밀리 브론테가 남긴 유일한 소설로, 주인공의 광기 어린 사랑과 복수를 통해 인간 내면의 세
계와 본질을 그려 냄으로써 오늘날 세계 10대 소설, 영문학 3대 비극으로 꼽히며 세계 문학사의
걸작으로 남은 작품이다.

★미국대학위원회 SAT 권장도서   ★〈옵저버〉지 선정 '가장 위대한 소설 100'

32. 젊은 베르테르의 슬픔 요한 볼프강 폰 괴테 지음 | 함미라 옮김

독일 문학사를 일거에 드높였다는 평을 받는 세계적인 문호 요한 볼프강 폰 괴테가 젊은 시절의
체험을 바탕으로 써 내려간 자전적 소설. 찬란하지만 위태로운 젊음의 이면성을 격정적인 한
젊은이를 통해 그려 냈다.

★피터 박스올 〈죽기 전에 읽어야 할 1001권의 책〉 선정도서

33. 바스커빌가의 개 아서 코난 도일 지음 | 한지윤 옮김

〈셜록 홈즈〉 시리즈 사상 최악의 적수와 벌이는 사투가 팽팽한 긴장감을 자아내며 책을 덮는
순간까지 숨 쉬는 것도 잊게 만들 정도로 독자들을 사로잡는다. 독자들과 평론가 양쪽 모두에
게 그 어떤 작품보다도 뛰어나다는 평가를 받아 온 아서 코난 도일의 대표작.

34. 헤르만 헤세 시집 헤르만 헤세 지음 | 이옥용 옮김

소설 『수레바퀴 아래서』와 『데미안』, 『유리알 유희』 등으로 꾸준한 사랑받고 있는 독일 문학의 거장 헤르만 헤세의 대표 시 105편을 묶었다. 통일과 조화를 꿈꾸며 화합하는 삶을 살고자 한 헤세의 고뇌를 엿볼 수 있다.

★노벨 문학상 수상 작가

35. 인간 실격 다자이 오사무 지음 | 김아영 옮김

'내면적 진실의 정신적 자서전'이자 '문학 형태의 유서'이며, 자화상'이라고 평가받는 다자이 오사무의 대표작으로. 인간에 대한 불신과 그로 인한 소외감과 죄악감으로 몸부림치다 세상에서 연약하게 무너질 수밖에 없었던 한 사람의 고백서이다.

★〈뉴욕 타임스〉지 선정 일본문학

36. 월든 헨리 데이비드 소로 지음 | 김율희 옮김

인간과 자연에는 신성이 내재되어 있다고 보고 정신적 삶을 지향했던 미국 초월주의 사상가 소로의 정수가 담긴 『월든』은 지나친 물질주의 속에서 거칠고 가난해진 정신을 지닌 현대인들에게 삶을 자유롭고 충만하게 사는 방법을 깨우쳐 준다.

★미국대학위원회 SAT 권장도서

37. 싯다르타 헤르만 헤세 지음 | 이옥용 옮김

불교의 교리를 창시한 석가모니와 같은 시대를 살았던 브라만 계층의 청년 싯다르타의 자아실현 과정을 담은 성장소설이다. 제1차 세계 대전 이후 전쟁의 상처를 어루만진 헤르만 헤세만의 동양 사상은 오늘날까지 주체적이고 실존적인 길을 제시한다.

★노벨 문학상 수상 작가

38. 호두까기 인형 E.T.A 호프만 지음 | 함미라 옮김

카프카와 함께 '환상적 사실주의'의 대표적인 작가이자 독일 낭만주의 사조에서 중요한 위치를 차지하는 호프만의 동화소설로, 꿈과 환상의 세계를 평범한 일상과 뒤섞어 놓은 독특한 서술 기법은 그로테스크한 긴장감과 함께 마술적인 시공간으로 독자들을 인도한다.

39. 정글 북 러디어드 키플링 지음 | 원지인 옮김

영어권 문학의 최초이자 최연소 노벨 문학상 수상 작가 러디어드 키플링의 대표작이다. 독창적인 상상력과 이야기를 다루는 키플링의 탁월한 재능은 인간 사회보다 더 인간미 넘치는 정글의 세계를 그려냄으로써 고전으로 자리매김했다.

★노벨 문학상 수상 작가

40. 마음 나쓰메 소세키 지음 | 장현주 옮김

일본의 국민 작가 소세키가 말년에 쓴 대표작으로, 일본 내에서만 1,000만 부 이상 판매될 만큼 뛰어난 작품성을 인정받았다. 100년 전에 쓰였음에도 불구하고 인간 본성에 대한 통렬한 진실은 시대를 초월한 독창성과 함께 지금을 살아가는 우리의 고뇌를 비추며 보편성을 얻고 있다.

★서울대 권장도서 100선

41. 타임머신 허버트 조지 웰스 지음 | 황윤영 옮김

'SF의 창시자' 허버트 조지 웰스의 대표 작품이자 물리적인 방법을 이용해 시간을 여행하는 '타임머신'의 개념을 최초로 도입한 SF이다. 80만 년 뒤 인류의 모습을 그리며 미래에 대해 본능적으로 호기심과 두려움을 가지는 인간의 근원적인 욕망을 충족시킨다.

★피터 박스올 〈죽기 전에 읽어야 할 1001권의 책〉 선정도서

*'클래식 보물창고'는 끝없이 이어집니다.